KB059456

禪關策進

선의 관문을 뚫다

선관책진_선의 관문을 뚫다

초판 1쇄 발행 | 2011년 4월 9일
개정판 1쇄 발행 | 2022년 12월 23일

엮은이 | 운서 주굉
옮긴이 | 연관

객원 편집 | 김영옥

편집 | 조인숙
펴낸이 | 조인숙
펴낸곳 | 호미출판사
등록 | 2019년 2월 21일(제2019-000011호)
주소 | 서울시 양천구 목동서로 287 1508호
영업 | 02-322-1845
팩스 | 02-322-1846
전자우편 | homipub@naver.com

표지, 본문 디자인 | (주)끄레 어소시에이츠
제본 | 수이북스

ISBN 979-11-966446-7-6 03820
값 | 16,000원

(호미) 생명을 섬깁니다. 마음밭을 일굽니다.

운서법휘 1

禪關策進
선의 관문을 뚫다

명나라 고항 운서사 주굉 엮음
지리산 실상사 연관 옮김

호미

해제解題

「선관책진」은 예부터 「벽암록」, 「임간록」, 「임제록」 등과 함께 '종문칠서宗門七書'라는 이름을 얻으며 우리나라 납자들의 걸망 한쪽을 차지해 왔으니, 실로 '납자의 필독서'라 하겠다. 책의 내용은 '고공苦功(힘써 정진하다)' 두 자로 갈음할 수 있으니, 수행이 결여된 광선狂禪을 통렬히 배척한 운서 주굉 스님의 뜻에 오늘날 더욱 귀 기울여야 할 터이다. 향상현담向上玄談을 말하지 않고 오직 실참실오實參實悟만을 권하여, "깨달은 뒤에 말할 줄 모를까 염려 말라"했다.

「선관책진」은 전집前集과 후집後集으로 나뉜다. 전집은 다시 두 편으로 나누어, 앞의 제1문에는 황벽 희운黃檗希運, 조주 종심趙州從諗, 현사 사비玄沙師備, 아호 대의鵝湖大義를 위시한 서른아홉 조사의 법어를 간추려 실었고, 뒤의 제2문에는 여러 조사의 고행과 깨달음을 얻는 과정을 스물네 가지 사례를 들어 실었다. 후집은 참선하는 이가 어떻게 정진 수행할 것인지를 여러 경전이나 어록 가운데서 마흔일곱 가지 항목을 가려 뽑아 실었다. 때로 평評을 붙여 학인이 소홀히 하기

쉬운 뜻을 되짚어 주었다. 이도 귀를 쫑긋이 하고 새겨들어야 하리라.

스님의 이름은 주굉祩宏, 자는 불혜佛慧, 호는 연지蓮池이다. 속성은 심沈 씨였다. 명나라 가정嘉靖 14년(1535년)에 고항古杭 인화현仁和縣에서 태어났다. 열일곱 살에 제자원弟子員이 되어 무리 가운데서 학문과 덕행이 가장 뛰어났으나 과거에는 나아가지 않았다. 오로지 출가에 뜻을 두었기 때문이다.

스물일곱 나던 해에 아버지의 상을, 서른한 살에 어머니의 상을 당하자 슬피 울며, "어버이 은혜는 망극하시다. 내가 이를 갚으려면 이 길밖에 없다" 하고 출가하기로 결심했다. 그리하여 서산西山의 무문 성천無門性天에게서 머리를 깎고, 소경사昭慶寺 무진 옥無塵玉 율사에게서 구족계를 받았으니 이때가 서른두 살이었다.

얼마 뒤에 표주박 하나와 지팡이 하나만 지닌 채 제방을 다니며 선지식을 두루 찾아뵈었다. 소암 덕보笑巖德寶 스님을 뵙고 가르침을 구하니, 소암이 "그대는 삼천 리 밖에서 나를 찾아와 도를 묻는구나. 그러나 내게는 아무 것도 보여줄 것이 없다" 했다. 그 말에 전후제前後際가 끊어져 마치 높은 벽을 마주한 듯하더니, 동창東昌을 지나다 성루의 북소리를 듣고 문득 깨닫고는 다음과 같이 읊었다.

이십 년 전의 일이 의심스럽다 하여
삼천 리 밖의 도인들 무엇이 기특하랴.
선악이 모두 꿈인데
마와 부처가 부질없이 시비하네.
二十年前事可疑　三千里外道何奇
焚香擲戟渾如夢　魔佛空爭是與非

그리하여 소암笑巖의 법을 이으니, 고봉 원묘高峰原妙의 12세 손이 되었다.

서른일곱 살 되던 해(1571년), 항주 운서산雲棲山에 들어가 산중의 복호사伏虎寺 옛터에 살았다. 양식이 떨어져도 벽에 기댄 채 단정한 자세를 흐트러뜨리지 않았고, 우글거리는 범을 물리쳐서 주변 백성들을 호환으로부터 막아 주기도 했고, 가뭄 때는 단비가 내리게도 하면서 원근을 교화하니, 귀의해 오는 백성들이 늘어나 옛 복호사 터에 운서사雲棲寺가 이루어지고, 납자들이 구름처럼 모여들어 마침내 총림을 이루었다.

스님은 경經을 풀이한 글, 옛글을 간추려 엮은 것, 손수 지은 글 등 30여 가지 저술을 남겼다. 곧,「선관책진禪關策進」,「승훈일기僧訓日記」,「치문숭행록緇門崇行錄」과 같은 선종禪宗에 관련된 것과,「계소발은戒疏發隱」,「구계편몽具戒便蒙」,「사미요략沙彌要略」,「니계특요尼戒特要」같은 계율戒律에 관련된 것과,「미타소초彌陀疏鈔」,「정토의변淨土疑辯」,「왕생집往生集」같은 정토淨土에 관한 것과,「수륙의궤水陸儀軌」,「방생의放生儀」,「계살방생문戒殺放生文」과 같은 방생放生에 관한 저술 들을 남겼으니, 스님의 교화 방편은 선학의 주창, 계율의 부활, 정토법의 제창, 방생의 권장을 모두 아우르고 있음을 알 수 있다. 그 밖에「죽창수필」4권은 이 네 가지 방편을 종합적으로 발양한 것이라 할 수 있다.

만력萬曆 43년(1615년)에 돌아가시니, 세수 여든한 살, 법랍 오십이었다. 청나라 옹정 때에 세종(옹정제)이 '정묘진수淨妙眞修'라는 시호를 내렸다.

스님이 돌아가신 해에 추광명, 왕우춘 같은 거사들이 스님이 남긴 저술 31부를 모았고, 그로부터 십 년 뒤인 천개 4년(1624년)에 대현, 대문, 대림과 같은 명승 열일곱 분이 왕우춘을 비롯한 거사 열여섯 명과 함께 교정을 거쳐 인각하였고, 청나라 광서 24년(1898년)에 「운서법휘」 34권을 거듭 펴냈다.

불기 2554년(2010년) 경인년 동안거 중, 백장암百丈庵 대중들이 정진 틈틈이 오자와 탈자를 찾아 주고, 껄끄러운 문맥을 손봐 주었다. 이 일의 반은 그들의 공덕이다.

경인년 동안거 해젯날, 백장암에서
저 멀리 지리산 종주 능선을 바라보며
연관 적다

禪關策進
선의 관문을 뚫다

일러두기

1. 광서光緒 24년(1898년), 금릉각경처金陵刻經處 개판본(서기 1977년 운서 법휘 영인본)을 저
   본으로 삼아 번역했다.
2. 원본을 낱낱이 또박또박 번역하는 것을 원칙으로 삼되, 문장의 흐름을 매끄럽게 하려고 때로
   말을 덧붙이기도 했다.
3. 설명이 필요하다고 판단한 데에는 주석을 간단히 달았다.
4. 「선관책진」은 1960년 범어사에서 현토懸吐 발간하고, 1967년 광덕光德 스님이 번역 출간한
   뒤에 때로 재판을 내기는 했으나 본 얼굴을 그대로 둔 채 45년 남짓한 세월이 흘렀다. 잊힐 만
   할 때이고, 다시 손보고 다듬어야 할 때이기도 하다. 이번 번역에서 더러 참조한 부분이 있다.

雲棲大師像贊

其容寂 其心密 無內外 不出入
百千三昧 眼裏空華 一切行門
空中鳥跡 不信分身萬像中 癡
人只向毫端覓 咦

釋德清

머릿글

선禪에 어찌 관문이 있겠는가? 도道는 안팎이 없고 들고남이 없으나, 사람이 도를 닦는 일에는 미혹과 깨달음이 있다. 그러니 하는 수 없이 대선지식이 문지기가 되어 때맞추어 열고 닫아 주고, 문단속을 신중히 하며, 따져 묻고 실상을 헤아리는 일을 엄격히 하여, 말과 복장을 다르게 하여 사사롭게 법도에 어긋나는 사람으로 하여금 간사를 부리지 못하게 했으니, 그런 까닭에 관문을 통과하기가 쉽지 않게 된 지 이미 오래다.

내가 처음 출가했을 때 시정에서 「선문불조강목禪門佛祖綱目」이라는 책을 읽게 되었다. 내용은 옛날에 존숙들이 처음 공부 길에 들어 어려웠던 일과, 중간에 공부하며 괴로움을 겪은 경우와, 마지막에 확철히 깨달은 일을 담은 것이었다.

그 책을 읽고서 마음속으로 아끼고 사모하며 본받고 배우기를 바랐는데, 그 뒤로 다시는 그 책을 볼 수 없었다. 그래서 오등五燈¹⁾의 여러 가지 어록과 잡전雜傳들을 두루 읽고, 승속의 것을 구별하지 않고 실참실오實參實悟한 것이면 책 앞부분에 모두 아우르되, 번거로운 것은 빼고 중요한 것만을 가려 뽑아 책을 엮고 이름을 바꾸어 「선관책진」이라 했다.

머물 때는 책상 위에 놓아두고 떠돌 때는 바랑 속에 지니었으니, 한번 보면 마음을 북돋아 수행에 더욱 힘쓰게 되고, 정신이 새롭게 초롱초롱해져서 더욱 기운차게 채찍질하며 앞으로 나아갈 수 있었다.

어떤 이는 "이 책은 아직 관문을 지나가지 못한 사람을 위해 펴낸 것이니, 관문을 지난 사람이라면 이미 멀리 갔으니 무슨 소용이 있겠는가?" 한다. 그러나 관문 밖에 또 여러 관문이 있으니, 거짓 닭소리²⁾에 의지하여 잠깐 호랑이 입에서 벗어났다고 하여 작은 것을 얻은 일에 만족한다면, 이는 증상만인增上慢人이니 물이 아직 다하지 못하고 산도 다하지 못한 것이다.

경계하는 채찍이 내 손 안에 있으면 빠르고 멀리 달려 마침내 마지막 관문을 뚫을 수 있으리니, 그때에 느긋하게 파참재罷參齋[3]를 지내도 늦지 않으리라.

만력 28년(1600년) 경자년 정월,
운서 주굉 적다

---

1) 조사 스님들의 행적과 전법, 사법嗣法의 경위와 순서를 기록한 다섯 가지 선종 통사.「경덕전등록景德傳燈錄」,「천성광등록天聖廣燈錄」,「건중정국속등록建中靖國續燈錄」,「연등회요聯燈會要」,「가태보등록嘉泰普燈錄」을 말한다.
2) 맹상군이 닭 우는 흉내를 내는 사람의 힘으로 함곡관을 무사히 빠져나온 옛일에서 따온 말.
3) 수행을 완성하고 스승의 인가를 받을 때 베푸는 잔치.

차례

전집前集

제1문 조사들의 법어

제2문 조사들의 공부법

후집後集 _ 여러 경전에서 간추리다

전집前集

제1문 조사들의 법어

'제1문 조사들의 법어'에서는 향상현담向上玄談은 취하지 않고 공부를 지어 가는 데에서 매우 중요한 대목만을 취하되, 그 가운데서도 각별히 중요한 것을 가려 뽑음으로써, 아무 때고 쉽게 펼쳐보며 몸과 마음을 격려하기 좋게 했다.

이어지는 '제2문 조사들의 공부법'과 '후집: 여러 경전에서 간추리다'도 이와 같이 했다.

균주 황벽 운 선사

대중에게 설법하다

미리 철저히 해 두지 않으면 납월 삼십일(죽음)에 이르러 그 대들, 틀림없이 마음이 초조하고 어지러울 것이다.

외도外道들은 공부하는 사람을 보고 비웃으며 "아직도 이런 사람이 있는가?" 한다. 내가 그대들에게 묻나니, 갑자기 죽음이 닥치면 그대들은 무엇으로 생사와 맞서려 하는가?

한가로울 때 준비해 두어야만 바쁠 때 쓸모가 있어 수고로움을 덜 수 있는 법, 목마를 때에 이르러서야 샘을 파지 마라! 손발이 서로 어긋나고 눈앞이 아뜩하고 정신이 갈팡질팡하여, 참으로 괴로울 것이다.

평소에 구두삼매口頭三昧만을 배워 선禪을 말하고 도道를 말하며 부처를 꾸짖고 조사를 꾸짖지만, 이때에 이르러서는 아무 쓸모가 없다. 남이야 얼마든지 속일 수 있겠지만 오늘 자기 자신은 어찌 속일 수 있겠는가!

형제들에게 권하노니, 몸이 건강할 때 분명히 다스려라. 이 문의 빗장을 열기란 매우 쉬운 일이건만, 그대들이 죽을 각오로 공부하지는 않고 그저 "어렵다, 어렵다!"라고만 한다.

대장부라면, 어떤 스님이 조주에게 "개에게도 불성이 있습니까?"라고 묻자 조주 스님이 "무無!"라고 했던 공안을 참구해라. 하루 종일 이 '무' 자만을 참구하되, 밤이고 낮이고, 길을 가거나 머무르거나, 앉아서나 누워서나, 옷 입고 밥 먹을 때나 똥 누고 오줌 눌 때나, 생각을 끊지 말고 돌아보며, 정신을 바짝 차리고 이 '무' 자를 지켜 가라.

날이 지나고 세월이 깊어지면 한 덩어리를 이루어 문득 마음 꽃이 활짝 피어 불조의 기틀을 깨달을 터이니, 천하 노화상의 혀에 속지 않고 "달마가 서쪽에서 온 일은 바람 없는 곳에 파도가 일어난 것이요, 세존이 꽃을 든 일도 한바탕 허물이다" 하고 당당히 말할 줄 알게 된다. 여기에 이르러서는 염라대왕은 말할 것도 없고 뭇 성인도 어찌하지 못하리라.

다만 그것이 특별한 사람만이 할 수 있는 일이라고 믿지 마라. 어째서 그런가? 일이란 뜻을 품은 사람을 두려워하기 때문이다.

【평】 이 일로부터 뒷날 공안을 제시하여 화두를 간하는 일이 비롯되었다. 다만 굳이 '무' 자에만 집착할 필요는 없다. '무'

자든, '만법귀일萬法歸一'[1]이든, '수미산須彌山'[2]이든, '사료소료死了燒了'[3]든, 또는 '참구염불'[4]이든, 한 가지만을 지켜 깨닫기에 애를 써라. 의심하는 대목은 같지 않아도 깨달으면 두 가지가 아니다.

[1] "만법이 하나로 돌아가니, 그 하나는 어디로 돌아가는가?"라는 화두. 조주 스님의 공안이다.
[2] 한 스님이 운문에게 "한 생각도 일어나지 않을 때 허물이 있습니까?"라고 물으니, "수미산!"이라고 답했다.
[3] "죽어서 태워져 재 한 줌이 되면 네 주인공은 어디에 있느냐?"라는 화두. 철산 경鐵山璚의 공안이다.
[4] "이 염불하는 놈이 누구인가?" 하고 참구하는 공부법. 원나라 이후에 이 공부법을 많이 썼다.

조주 심 선사
대중에게 설법하다

   그대들은 오직 이 도리만을 궁구하여 스무 해고 서른 해고
고요히 앉아서 간看해라. 만일 그래도 알지 못하겠거든 내 머
리를 베어 가라.

   나는 마흔 해 동안 잡다한 생각을 하지 않았다. 다만 두 끼
죽과 밥을 먹을 때만큼은 예외로 하여 더러 잡생각을 하곤
했다.

현사 비 선사

대중에게 설법하다

반야般若를 배우는 보살이라면 큰 근기와 큰 지혜를 갖추어야 한다. 만일에 근기가 더디고 둔하다면 마치 부모의 상을 당한 것같이 밤낮으로 피로를 잊고 참으면서 힘써야 한다. 그토록 급하고 간절히, 또한 다른 사람의 도움도 받아 가며 뼈에 사무치게 사실을 궁구하면, 도道를 만나기 어렵지 않으리라.

아호 대의 선사

가르치고 타이르다

몸을 잊거나 마음을 죽이게 되기만을 바라서는 안 된다. 이 것이 가장 고치기 어려운 고약한 병이다. 당장 반야검을 빼어 들고 '조사가 서쪽에서 온 뜻'을 베되, 눈을 부릅뜨고 눈썹을 치켜세우고서 거듭해서 "그것이 무엇인가?" 하고 참구해라. 고요히 앉아 있기만 하고 공을 들이지 않으면 언제 시험에 붙 고 마음이 공空함을 깨닫겠는가?

영명 수선사

가르치고 타이르다

도를 배우는 일에 별나고 기묘한 비결은 따로 없다. 다만 육근六根과 육경六境 속에 있는, 무량겁 동안에 쌓인 업식종자業識種子를 없애기만 하면 된다. 그대들은 오직 정념情念을 없애고 그릇된 인연을 끊어 세간의 온갖 애욕 경계에 대해 마음이 목석같이만 되면, 아직 도안道眼을 밝히지 못했더라도 저절로 청정한 몸을 이룰 것이다.

참다운 선지식을 만나 간절한 마음으로 정성을 다하고 가까이 모시면, 참구하되 아직 철저하지 못하거나, 배우되 이루지 못했더라도, 이근耳根에 뚜렷이 남아 영원히 도의 종자가 되어 세세생생 악취에 떨어지지 않고 사람의 몸을 잃지 않아서, 다시 태어나자마자 하나를 듣고는 곧 천 가지를 깨달을 것이다.

황룡 사심 신 선사

수시로 설법하다

상좌들이여! 사람 몸 얻기 어렵고 불법 듣기 어려우니, 이번 생에 이 몸을 제도하지 못하면 다시 어느 생에 제도하겠는가?

그대들이 선禪을 참구하고자 하는가? 반드시 놓아 버려라! 무엇을 놓아 버릴 것인가? 사대四大와 오온五蘊을 놓아 버리고, 무량겁 동안에 쌓은 숱한 업식을 놓아 버리고서, 자기의 본래면목(脚跟下)을 추궁하되 "이것이 무슨 도리인가!" 하고 참구해라.

추궁하고 추궁하면 문득 마음 꽃이 활짝 피어 시방세계를 비출 것이니, 참으로 "마음에 맞고 손에 익어 쉬이 대지를 황금으로 바꾸고 강물을 저어서 우유로 만든다"고 말할 수 있으리니, 어찌 평생이 창쾌하지 않겠는가!

책 속에서 문자를 생각하거나, 말을 기억하여 선을 구하고 도를 찾지 마라! 선과 도는 책 속에 있지 않다. 경전의 방대한 가르침과 제자백가를 다 외더라도 쓸데없는 언어일 뿐이니,

죽음에 다다라서는 아무런 쓸모가 없다.

【평】 이렇게 말했다고 해서, 경전을 헐뜯거나 법을 망가뜨려서는 안 된다. 이 말은 문자에만 집착하여 수행하지 않는 사람을 경계한 말이지, 낫 놓고 기역 자도 모르는 사람을 편들어 붉은 기를 세운 것은 아니다.

동산 연 선사
행각을 떠나려는 제자에게

반드시 '생生'과 '사死' 두 글자를 이마 위에 붙여 놓고 이일을 분명히 밝혀라. 그저 무리를 따라 떼를 지어 부질없는 이야기나 주고받으며 세월을 보낸다면 뒷날 염라대왕이 밥값을 내놓으라고 할 것이니, 그때에 내가 너희에게 진작 일러 주지 않았다고 말하지 마라.

공부를 할 때는 어떤 곳이 힘을 얻는 곳이고 어떤 곳이 힘을 얻지 못하는 곳이며, 어떤 곳이 잃는 곳이고 어떤 곳이 잃지 않는 곳인지를 시시각각 점검하며 분발해야 한다.

어떤 무리들은 포단蒲團[1] 위에 앉자마자 마냥 졸기만 하다가 깨어서는 터무니없는 망상이나 피우고, 또 포단에서 내려오면 곧바로 모여 앉아 난잡한 이야기나 하니, 도를 이렇게 공부해서는 미륵이 이 세상에 오시는 날이 되어도 결코 손에 넣을 수가 없다.

용맹스럽게 정신을 모아 화두를 들되 밤낮으로 힘써 참구하여 그것과 겨루어야지, 일 없는 껍질 속(無事甲裏)[2]에 앉아 있어서도 안 되며, 포단 위에 죽은 듯이 앉아 있어서도 안 된다.

맞서 싸울수록 잡념이 더욱 많아지거든 가만히 화두를 내려놓고 땅에 내려와 한 바퀴 거닐어라. 그런 다음 다시 포단 위에 올라가서, 두 눈 부릅뜨고 두 주먹 불끈 쥐고 척추뼈 곧추세우고서 전과 같이 화두를 들면, 마치 펄펄 끓는 솥에 찬물 한 국자를 부은 것처럼 시원해질 터이다. 이렇게 공부하면 반드시 '고향'에 다다를 때가 올 것이다.

1) 좌선할 때 깔고 앉는, 왕골(蒲)로 만든 둥근(團) 깔개.
2) 구해야 할 부처도, 행해야 할 도道도 없는 경지.

불적 이암 진 선사

널리 설하다

믿음이 충만하면 의심하는 마음도 충만하고, 의심하는 마음이 충만하면 깨달음도 충만하다. 평생 듣고 본 그릇된 지식이나 그릇된 이해, 기묘한 말이나 어구, 그리고 선도禪道나 불법佛法에 대한 아만심들을 철저히 비워 버리고, 오로지 아직 밝히지 못하고 깨닫지 못한 공안을 향해 가부좌를 하고 척추뼈를 곧추세우고는 밤낮을 가리지 말고 애를 써라.

그리하여 동서를 따지지 않고 남북을 나누지 않게 되어 마치 숨을 쉬고 있는 죽은 사람과 같은 경지에 이르면, 마음이 경계에 따라 변화하여, 앎은 여전하되 저절로 안으로 생각이 사라지고 밖으로 심식心識의 길이 끊어져서 문득 정식情識을 깨부수게 될 것이다. 그러나 그것은 원래 다른 데서 얻어진 것이 아니니, 그때 어찌 평생이 경쾌하지 않겠는가!

경산 대혜 고 선사

물음에 답하다

요즘 어떤 이는 자신의 안목이 밝지 않은데도 학인들에게 망설임 없이 "죽은 짐승같이 쉬고 또 쉬어라!" 하고, 또 어떤 이는 "인연에 따라 마음에 단단히 붙여 생각을 잊고 묵묵히 비춰라" 하거나 "어떤 일도 상관하지 마라" 한다. 이 같은 잘못된 방법으로 공부를 해서는 결코 깨달을 수가 없다.

오직 한곳에 마음을 두기만 하면 얻지 못할 사람이 없으니, 때가 되면 저절로 철컥철컥 들어맞아 대번에 깨달을 것이다.

자기의 심식心識과 세간에서 비롯된 번뇌를 반야로 바꾸기만 하면, 비록 금생에 철저하지 못하더라도 죽음에 이르러 악업에 끌리지 않고, 내생에 다시 태어나면 반드시 반야 가운데서 지금 이 자리에 이루어져 있는 절대 진리(現成)를 그대로 수용할 것이니, 이것은 의심할 것도 없이 분명한 일이다.

오로지 화두만을 들어, 망상이 일어날 때도 그치려거나 막으려 하지 말고 오직 화두만을 간해라! 길을 걸을 때도, 앉아 있을 때도 끊임없이 화두를 들어, 마침내 아무 맛도 없어지면 그때가 참으로 좋은 곳이니 놓아 버리지 마라. 문득 마음 꽃이 활짝 피어 시방세계를 비추면, 가느다란 털끝에서 보왕寶王 세계를 나타내고 한 점 티끌 속에서 큰 법륜을 굴리게 될 것이다.

【평】 대혜 종고 스님이 "다른 이는 정定을 우선하고 혜慧를 뒤로 두지만, 나는 혜를 앞세우고 정을 뒤에 둔다" 했다. 그것은 아마도 화두의 의정疑情을 타파하고 나면, 이른바 '쉬고 또 쉬라'는 것이 애쓰지 않아도 저절로 그렇게 되기 때문일 것이다.

몽산이 선사

대중에게 설법하다

나는 나이 스물에 참선 공부를 알게 되어, 서른두 살이 되기까지 열일곱 명의 장로에게서 법문을 들으며 그들에게 공부하는 법을 물었으나, 도무지 분명하고 확실한 뜻을 알지 못했다.

그러다가 나중에 완산皖山 장로를 뵈었더니 내게 이렇게 일러 주었다. "무無 자를 간하되 종일 분명하고 또렷이, 마치 고양이가 쥐를 잡고 닭이 알을 품듯이 끊어짐이 없게 해라. 아직 투철하지 못하면 마치 쥐가 널을 갉듯이 바꾸지 마라. 이처럼 공부를 지어 가면 반드시 분명히 밝힐 때가 있을 것이다".

그리하여 밤낮으로 부지런히 궁구하여, 열여드레가 지나 차를 마시다가 홀연히 '세존이 꽃을 드니 가섭이 미소한 도리'를 알았다.

기쁨을 이기지 못해 서너 분의 장로를 찾아가 공부를 결택決擇해 줄 것을 청했으나 아무도 한마디 법어도 내려 주는 이가 없었는데, 어떤 분이 "다만 해인삼매로써 하나의 도장으로 도장 찍듯이 하고 다른 것은 전혀 상관하지 마라" 했다.

나는 이 말을 믿고 두 해를 보냈다.

경정景定 5년(1264년) 유월에 사천四川 중경부重慶府에서 이질을 앓아 밤낮으로 백 번도 넘게 설사를 해 거의 죽을 지경이 되었으나 어찌 해 볼 수가 없었다. 해인삼매도, 전에 알던 것도 아무 소용이 없었으며, 입을 열어 말을 할 수도 없고 몸을 움직일 수도 없었다. 눈앞에 죽음만이 있을 뿐, 갖가지 업연業緣 경계가 눈앞에 나타나 무섭고 두려운 데에다 여러 가지 고통이 끊임없이 나를 짓눌렀다.

가까스로 정신을 차려 뒷일을 당부하고는, 포단을 높이 괴고 향로를 차린 뒤에 천천히 일어나 좌정하고 묵묵히 삼보三寶와 용천龍天에게 이렇게 기도했다.

"지금까지의 여러 가지 불선업不善業을 참회하노니, 만일 내 목숨이 다한 것이면 바라건대 반야의 힘을 입어 정념正念에 의해 태어나 일찍 출가해지이다. 만일에 병이 나으면 바로 세속을 버리고 스님이 되어 하루빨리 깨달음을 얻어 널리 후학을 제도해지이다."

이런 원을 하고 나서는 '무' 자를 들고 마음을 돌이켜 스스로 간하니, 얼마 뒤에 오장육부가 서너 번 꿈틀거렸으나 상관하지 않았다. 잠깐 동안 눈꺼풀이 움직이지 않았고 또 잠깐 동안 몸이 보이지 않았으나 화두만은 끊어지지 않았다. 밤이 늦어서야 비로소 일어나니 병은 반이나 물러나 있었다. 다시 앉아 자정 가까이 되니 병이 모두 물러가고 몸과 마음이 가볍고 편안해졌다.

팔월에 강릉에서 머리를 깎고, 한 해 뒤에 포단에서 일어나 행각하던 도중에 밥을 짓다가, "공부는 반드시 단숨에 해 마쳐야지, 끊어졌다 이어졌다 해서는 안 된다"는 것을 깨닫고는, 황룡산에 가서 승당으로 들어갔다.

첫 번째 수마睡魔가 닥칠 때는 자리에 앉은 채로 정신을 차려 가볍게 물리쳤고, 두 번째도 이렇게 물리쳤으며, 세 번째 수마가 심할 때는 땅에 내려와 불전에 예배하며 수마를 물리치고는 다시 포단에 앉곤 했다. 이런 규칙이 정해졌으나 수마가 심할 때는 수마에 맞서지 않고 함께하여, 처음에는 베개를 베고 잠깐 잤고, 뒤에는 팔을 베었으며, 나중에는 아예 눕지 않았다.

이렇게 이틀사흘이 지나자, 밤이고 낮이고 피곤하던 끝에, 발밑이 둥둥 뜨는 듯하다가 갑자기 눈앞의 먹구름이 갠 듯하고 몸이 갓 목욕을 마친 듯이 상쾌하더니, 마음의 의단疑團이 더욱 뚜렷하여 힘들이지 않아도 끊임없이 눈앞에 있었다. 성색聲色이나 오욕五欲, 팔풍八風[1]이 어느 것도 들어오지 않게 되니, 마치 은쟁반에 눈을 담아 둔 듯이 깨끗하고 가을 하늘처럼 맑았다.

그러나 곰곰 생각해 보니, 공부는 조금 나아간 듯했으나 선지식에게서 결택할 길이 없었다. 결국 자리에서 일어나 절浙 지방에 들어갔다가, 길에서 고생하고 공부도 뒷걸음질 치기에 이르렀다.

그리하여 승천사承天寺 고섬孤蟾 화상 처소에 와서 승당으로 돌아가, "깨달음을 얻지 않으면 결단코 자리에서 일어나지 않으리라" 다짐하니, 한 달 남짓 지나자 전처럼 공부가 회복되었다.

그때 온몸에 부스럼이 났지만 이도 돌아보지 않고 목숨을 버릴 각오로 공부를 밀어붙이니 자연히 힘을 얻어 병중공부病中工夫를 할 수 있게 되었고, 어느 날 재齋에 참석하려고 산문을 나와 화두를 들고 길을 가다가 재齋를 올리는 집을 지나친 줄도 몰랐으니 또한 동중공부動中工夫도 할 수 있게 되었다. 이때의 경계는 마치 물속에 잠긴 달이 급한 여울을 만나도 흩

어지지 않고 거센 물결에 쓸려도 사라지지 않는 것처럼 활발
발한 것이었다.

삼월 초엿샛날, 포단에 앉아 한참 '무' 자를 들고 있는데,
수좌 스님이 승당에 들어와 향을 피우다가 향로 뚜껑을 때려
소리를 내니, 문득 '악!' 하는 소리가 터지면서 나를 알고 조
주를 움켜쥐게 되었다.

그리고 다음과 같은 게송을 지었다.

어처구니없구나!
길이 다하니
파도가 곧 물임을 깨달았네.
발군하다는 조주 늙은이여
면목이 다만 이것뿐인가?
沒興路頭窮　踏翻波是水
超群老趙州　面目只如此

가을에 임안에서 설암, 퇴경, 석갱, 허주를 비롯한 여러 장
로들을 뵈었는데, 허주 화상이 완산으로 갈 것을 권했다. 그래
서 완산에 가서 스님을 뵈었더니, 완산 화상이 "'광명이 온 세

상을 고요히 비추니…'라고 한 것이 어찌 장졸張拙[2] 수재의 말이 아니겠는가?" 하고 묻기에, 내가 답하려고 하자 스님이 곧 '할!' 하였다.

그 뒤로는 길을 가거나 앉거나 음식을 먹어도 아무 생각이 없었다. 그렇게 여섯 달이 지난 다음 해 봄, 어느 날 성을 나갔다가 돌아오는 길에 돌계단을 오르다 문득 가슴속의 의심 뭉치가 얼음 녹듯 하기에, 몸이 길에서 걷는 줄도 모르는 채로 바로 완산 화상을 뵈었다. 스님이 이번에도 앞에서 한 말을 묻기에 내가 곧 선상禪牀을 엎어 버렸고, 또 지금까지 몹시 까다롭기만 하던 공안 몇 가지를 낱낱이 분명히 알게 되었다.

어진 사람들이여, 참선은 반드시 간절히 지어 가야 한다. 이 산승이 만일에 중경부에서 병이 나지 않았더라면 세월을 헛되이 보낼 뻔했다. 중요한 것은 바른 지견을 가진 선지식을 만나는 일이다. 그런 까닭에 고인이 아침저녁으로 참청參請하여 몸과 마음을 결택하고 부지런하고 간절히 이 일을 구명할 수 있었던 것이다.

【평】 다른 사람은 병이 나면 뒷걸음질 치게 되지만 이 노인은 병으로 말미암아 간절히 정진하여 마침내 큰 그릇을 이루었으

니, 어찌 쉬운 일이랴! 참선하는 사람은 병이 났을 때 반드시 이 말씀을 거울삼아 간절히 힘써야 한다.

---

1) 수행자의 마음을 움직이게 하는 여덟 가지 장애. 내게 이익 되는 것(利), 세력이 줄어드는 것(衰), 나를 비난하는 것(毀), 나를 칭찬하는 것(譽), 내 마음에 맞는 것(稱), 나를 비난하는 것(譏), 고생되는 것(苦), 즐거운 것(樂).

2) 오대五代 송초宋初 사람으로, 일찍이 수재에 천거되었다. 선월 대사 관휴의 지시에 따라 석상 경제 선사를 뵈었는데, 경제가 "수재의 이름은 무엇인가?" 하니, "성은 장이요 이름은 졸이라고 합니다" 했다. 다시 경제가 "교묘한 것(巧)도 얻을 수 없는데 서투른 것(拙)은 어디서 왔는가?" 하니, 그 순간 활연히 크게 깨닫고, "광명이 온 세상을 고요히 비추니…" 하는 게송을 지었다.

양주 소암 전 대사

대중에게 설법하다

　요즘은 독실하게 선을 참구하는 자도 드물지만, 화두를 참구하더라도 혼침과 산란 두 가지 마魔에 묶여 있을 뿐 의정과 맞상대하여 혼침과 산란을 끊어야 함을 알지 못한다.

　믿음이 깊으면 의정도 반드시 깊고, 의정이 깊으면 혼침과 산란은 저절로 없어진다.

처주 백운 무량 창선사

널리 설하다

하루 종일 화두를 따라 걷고 화두를 따라 머무르며 화두를 따라 앉고 화두를 따라 눕되, 마음이 마치 밤송이와 같이 일체의 인아人我와 무명無明과 오욕五欲과 삼독三毒 따위에 먹히지 않으면, 걷거나 머무르거나 앉거나 눕는 온갖 행동거지가 의심덩어리일 것이다. 오로지 의심덩어리뿐이어서 종일 어리석은 듯 그저 말뚝같이 지내면, 소리를 듣거나 색色을 보는 사이에 틀림없이 '악!' 하는 소리가 터져 나오게 될 것이다.

사명 용장 연 선사

수좌의 편지에 답하다

공부는 반드시 큰 의정을 일으켜야 한다. 그대의 공부가 한 달이나 보름이 지나도록 아직 한 덩어리를 이루지 못하더라도, 진실한 의정이 눈앞에 있어 흔들어도 움직이지 않으면, 자연히 미혹과 산란이 두렵지 않게 되리라.

오로지 용맹스럽게 분심을 내어 하루 종일 마치 어리석은 듯이 공부를 지어 가라. 그러면 이때는 옹기 속에서 달아나는 자라라. 두렵지 않으리라.

원주 설암 흠 선사

널리 설하다

때는 사람을 기다려 주지 않으니 눈 한 번 깜박하는 사이에 금방 내생인데, 어찌 몸이 건강하고 힘이 있을 때 철저하게 타파하고 분명하게 밝히지 않는가?

이 명산대천의 신룡세계神龍世界, 조사법굴祖師法窟에 승당이 깨끗하고, 죽과 밥이 정결하며, 뜨거운 물과 따뜻한 방이 편안하니, 얼마나 큰 행운인가!

여기에서 철저히 타파하지 못하고 분명히 밝히지 못하면, 이것은 그대가 자포자기하여 스스로 세상을 피해 달아나 비천하고 어리석은 사람이 되는 것이다.

정말 까마득히 아는 것이 하나도 없다면 왜 선지식에게 나아가 두루 묻지 않는가? 오참五參[1]마다 곡록상曲彔牀[2] 위의 늙은이가 이렇게도 설하고 저렇게도 설하는 것을 보는데, 어찌 새겨듣고 또 거듭거듭 찾고 생각하며 "필경 이것이 무엇인가?" 하지 않는가?

산승은 다섯 살에 출가하여, 상인上人을 모시면서 스님이 손님과 서로 이야기를 나누는 것을 보고는 이 일이 있음을 알았고, 이 일을 이룰 수 있음을 확신하고는 곧 좌선을 배웠다.

열여섯 살에 수계하고, 열여덟 살에 행각하여 쌍림사 원遠 화상 회상에서 만사를 제쳐 놓고 아침부터 저녁까지 뜰에 나가지 않았으며, 비록 대중방에 들어가고 세수간에 가더라도 소매를 가슴에 붙이고 좌우를 돌아보지 않았으니, 눈앞에 보이는 것은 겨우 석 자에 지나지 않았다.

처음 '무' 자를 간할 때, 문득 생각을 일으킨 곳에서 한 번 돌이켜 관하니, 이 일념이 금세 얼음처럼 차갑고 참으로 맑고 고요해져 움직이지도 흔들리지도 않으니, 하루가 마치 손가락을 한 번 튕기는 사이에 지나가는 듯, 종소리나 북소리도 듣지 못했다.

열아홉 살에 영은사에 방부를 들였는데, 처주處州 화상이 보내온 편지를 보니, "흠欽 수좌야! 동動과 정靜이 두 가지로 갈라지는 네 공부는 마치 썩은 물 같아서 아무 일도 이루지 못한다. 참선은 반드시 의정을 일으켜야 한다. 의정이 작으면 깨달음이 작고 의정이 크면 깨달음도 크다" 하였다.

화상의 말을 듣고는 곧바로 화두를 '간시궐乾屎橛[3)]'로 바꾸어 한결같이 이렇게도 의심하고 저렇게도 의심하며, 이렇게도 참구하고 저렇게도 참구하였으나, 도리어 혼침과 산란이 쳐들어와 정결함을 쉽게 얻을 수가 없었다.

정자사淨慈寺로 방부를 옮겨 도반 일곱 명과 결사하고 좌선했는데, 이불을 치우고 눕지 않았다. 밖에서는 수修 상좌가 마치 쇠말뚝처럼 날마다 포단에 앉아 있었는데, 땅을 걸을 때에도 두 눈을 부릅뜨고 두 팔을 늘어뜨려 또한 쇠말뚝과 같았으니, 가깝게 대화를 나누고 싶어도 그럴 수가 없었다.

두 해 남짓한 동안 한 번도 눕지 않았더니 정신이 흐릿하고 기운이 까무러져, 한번 놓아 버림으로써 모든 것을 놓쳐 버리고 말았다가 두 달 뒤에야 다시 전과 같이 가다듬을 수 있었다. 결국 이 한 번 놓아 버림으로 인하여 비로소 정신을 차린 것이다. 이 일을 끝까지 밝히고자 하면 잠을 자지 않을 수가 없으니, 한밤중에 푹 자고 깨니 비로소 정신이 들었던 것이다.

하루는 낭하에서 수 상좌를 만나 비로소 가까이할 수 있었다. 그때 "지난해에 스님과 이야기를 하고 싶었는데, 왜 늘 나를 피했습니까?" 하고 물었더니, 상좌가 "진정으로 도를 판단하려는 사람은 손톱 깎을 틈도 없는 법인데, 스님과 어찌 이야기를 나누겠습니까?" 하였다.

그래서 내가 "지금 저는 혼침과 산란을 물리치지 못했습니다" 하니, "스님이 맹렬하게 도를 닦지 않은 탓입니다. 포단을 높이 괴고 척추뼈를 곧추세워 혼신을 다해 한 가지 화두를 지으면 어찌 혼침과 산란이 있겠습니까?" 하였다.

수 상좌의 가르침대로 공부하니 나도 모르는 사이에 몸과 마음을 모두 잃고 사흘 동안 청정했다. 그 사흘 동안 두 눈을 한 번도 붙이지 않았다. 사흘째 되는 날 오후에 산문山門 아래에서 좌선하기도 하고 걷기도 하다가, 또 수 상좌를 만났다. 수 상좌가 물었다.

"스님은 여기서 무얼 하십니까?"

"도를 판단합니다."

"무엇을 도라고 합니까?"

나는 얼른 대답하지 못하고 더욱 답답해져서 곧 승당으로 돌아와 선을 참구하려다가 또 수좌를 만났다. 수좌가 이렇게 말했다.

"스님은 그저 눈을 크게 뜨고 '이것이 무슨 도리인가?' 하고 간看하기만 하십시오."

이 한 말씀을 듣고 승당으로 돌아가 막 포단에 오르려는데, 마치 땅이 푹 꺼진 것처럼 눈앞이 활짝 열렸다. 이때의 경계는 다른 사람에게 보여 줄 수도 없고 세상의 어떤 것으로도 비유할 수 없었다. 곧 자리에서 내려와 수 상좌를 찾으니, 수가 "기쁘다, 기뻐!" 하고는, 손을 잡고 산문 앞 버드나무 언덕 위를 한 바퀴 거닐었다.

천지간 삼라만상을 보니, 눈으로 보이고 귀로 들리는 것, 전에 싫어하여 버렸던 물건이나 무명 번뇌가 본디 모두 나 자신의 묘명진성妙明眞性 가운데에서 흘러나오고 있었으며, 이런 모습이 보름 동안이나 흔들리지 않았다.

아쉬운 점은, 높은 안목을 가진 선지식을 만나지 못해 여기에서 머무르고 말았다는 점이다. 이것을 "견해를 벗어나지 않으면 정지견正知見을 장애한다"고 한다. 잠이 푹 들었을 때는 두 가지로 나뉘었고, 뜻의 길(義路)이 있는 공안은 알 수 있으나 은산철벽과 같은 것은 전혀 알 수 없었다.

비록 무준無準 선사 회상에서 여러 해 동안 입실入室[4]하였으나 선사께서는 자리에 올라 내 마음속 일에 관해 한마디도 일러 주시지 않았고, 경교나 어록에도 내 마음속 병을 풀어 줄만한 말씀은 한마디도 없었다.

이 병이 이렇게 열 해 동안 가슴속에 응어리져 있었는데, 하루는 천목산에서 법당에 올라갔다가 한 그루 늙은 잣나무에

눈길이 닿자마자 깨달았으니, 마치 어두운 방에서 햇빛 속으로 나온 것처럼 지금까지 얻은 경계와 가슴속에 걸린 것이 와르르 흩어졌다.

이로부터는 삶도 의심하지 않고 죽음도 의심하지 않게 되었으며, 부처도 조사도 의심하지 않게 되었다. 비로소 경산(무준 사범無準師範)노인의 입지처를 보니 몽둥이질 서른 대를 먹이기에 꼭 알맞았다!

---

1) 닷새마다 대중을 위해 법을 설하는 의식.
2) 승가에서 쓰는 의자의 한 가지. 휘어진 나무로 만든 선상.
3) 똥을 말리는 나무 막대기로, 주걱 모양으로 만들어 밑씻개로 사용했다. 한 스님이 "어떤 것이 부처입니까" 물으니, 운문 스님이 "간시궐이다" 했다.
4) 학인이 혼자 방장이나 조실 스님의 방에 들어가 참선 수학에서의 문제나 공안에 대해 교시와 점검, 시험 등을 받는 것.

천목 고봉 묘 선사

대중에게 설법하다

이 일은 오직 그 사람의 간절한 마음만이 필요하다. 간절한
마음이 있으면 참다운 의정이 일어나니, 의심하고 의심하여
애써 의심하지 않아도 저절로 의심이 되어, 아침부터 저녁까
지 머리부터 꼬리까지 한 덩어리가 되어, 흔들어도 흔들리지
않고 쫓아도 달아나지 않으며 분명하고 뚜렷이 나타나 늘 앞
에 있으면, 이것이 바로 힘을 얻은 때이다.

또한 그 올바른 생각을 확고히 하여 두 가지 마음이 없어
야 한다. 길을 걸어도 걷는 줄 모르고 앉아 있어도 앉아 있는
줄 모르며, 추위나 더위, 배고픔이나 목마름도 느끼지 못해
야 한다. 이 경계가 앞에 나타나면 이는 곧 집에 돌아온 소식
이니, 단단히 끌어당기고 꼭 붙잡아 그저 때를 기다리기만
해라.

이렇게 말한다고 해서, 조금이라도 정진하는 마음을 내어
구해서도 안 되고, 마음속으로 깨닫기를 기다려서도 안 되며,
또한 마음대로 놓아 버려서도 안 된다. 다만 올바른 생각을 굳

게 지켜 깨달음을 원칙으로 삼아야 한다.

이때는 팔만사천의 마군이 네 육근六根 문 앞에서 기다렸다가 온갖 기이한 선과 악 등의 일을 네 마음에 따라 나타나게 할 것이다. 네가 언뜻 마음속에 조그마한 생각이라도 일으켜 집착하면 곧바로 마군의 함정에 떨어질 것이니, 마군이 주인이 되어 너를 지휘하여, 입으로는 마의 말을 하고 몸으로는 마의 일을 행하여 반야의 정인正因이 이로부터 영원히 끊어지고 보리 종자가 다시는 싹트지 않게 될 것이다.

마음을 일으키지 말고, 마치 시신을 지키는 귀신처럼 지키고 또 지키기만 하면, 의단이 탁 하고 터지는 한 소리에 틀림없이 하늘을 놀라게 하고 땅을 소스라치게 할 것이다.

나는 열다섯 살에 출가하고, 스무 살에 옷을 바꿔 입고 정자사에 들어가 세 해를 기한하고 죽을 각오로 선을 배웠다. 처음에 단교斷橋 화상에게 나아가 뵈니, "생은 어디서 왔으며 죽으면 어디로 가는가?" 하는 화두를 참구하게 했다. 그러나 생각이 두 갈래로 갈라져 마음이 한곳으로 돌아가지 않았다.

나중에 설암雪巖 화상을 뵈니 '무' 자를 간하게 하고, 또한 "길 가는 사람이 노정을 알아야 하듯이, 날마다 일전어一轉語

[1])를 일러라" 하더니, 내가 말하는 것이 두서가 있음을 보고서는 나중에는 마침내 공부하는 곳은 묻지 않고, 문에 들어가 스님을 뵐 때마다 "누가 네게 이 송장을 끌어다 주었느냐?" 하고 묻고는, 대답이 끝나기도 전에 곧 내쫓아 버렸다.

나중에 경산사 승당으로 돌아왔는데, 꿈속에서 문득 '만법귀일 일귀하처' 화두가 생각나더니, 이로부터 단박에 의정이 일어나서 동서도 구별하지 못하고 남북도 분간하지 못하는 지경에 이르렀다.

엿새째가 되던 날, 대중을 따라 조사전에서 경을 읽다가, 머리를 들어 문득 오조 연 화상 진찬眞贊의 마지막 두 구절에 "백 년, 삼만육천 일 내내 반복하는 것이 본디 이것이구나!" 한 것을 보고, 일전의 '송장을 끌고 온 놈'의 화두를 문득 타파하게 되었다. 이로써 실로 혼비백산하여 죽었다가 다시 살아나는 경계를 얻었으니, 어찌 120근의 짐을 벗어 버릴 뿐이랴. 그때가 스물네 살 때였고, 마침 세 해 기한이 다 찬 해였다.

그 뒤에 "일상생활이 번잡한 가운데에서도 주인 노릇을 할 수 있는가?"라는 물음을 받고서, "주인 노릇을 합니다" 하고 답하니, 또한 "꿈속에서도 주인 노릇을 하는가?" 하고 물어서, "그러합니다"라고 답했다. 또 "깊은 잠이 들어 꿈이 없을 때 주인공은 어디에 있는가?" 하고 물었지만, 그때는 대답할 말이 아무것도 없었고 보여 줄 이치도 없었다.

그러자 화상이 "지금부터 너는 부처를 배우고 법을 배우며 옛일을 궁구하고 지금을 궁구할 필요 없이, 배고프면 밥 먹고 곤하면 잠자다가 잠에서 깨면 정신을 차리고 '나의 이 일각 주인공一覺主人公은 필경 어디에 안신입명安身立命하는가?'만 의심하라" 하기에, "일생을 버려 어리석은 사람이 될지언정 반드시 이 일착자一着子를 분명히 보리라"고 서원하였다.

다섯 해가 지난 어느 날, 잠에서 깨어 마침 이 일을 참구하고 있는데, 함께 자는 도우道友가 목침을 땅에 떨어뜨린 소리에 문득 의단을 타파하니, 마치 그물에 걸렸다가 풀려난 듯, 모든 불조의 까다로운 공안과 고금의 여러 가지 고칙인연古則因緣이 분명하지 않은 것이 없었다.

이로부터 나라가 편안하고 국가가 안정하며 천하가 태평하니, 한 생각도 함이 없이 시방을 꼼짝 못하게 했던 것이다.

【평】이처럼 대중에게 공부를 지어가는 전 과정을 지극히 간

절하고 절실하게 말했으니, 배우는 사람들은 마땅히 마음속에 새겨 잊지 말아야 한다. 다만 "배고프면 밥 먹고 곤하면 잠잔다" 한 것은 깨달은 뒤의 일이니, 잘못 알아서는 안 된다.

1) 지금까지 말한 바와는 전혀 다른, 하나의 말.

철산 애 선사

널리 설하다

산승은 열세 살에 불법이 있음을 알고 열여덟 살에 출가하여 스물두 살에 수계하고 승려가 되었다.

먼저 석상石霜 화상 회상에 갔는데, 상암주祥庵主가 "늘 코끝의 흰 것을 관하라" 한 가르침을 기억하고, 마침내 청정함을 얻었다.

나중에 설암 화상 회상에 있던 어떤 스님이 왔는데, 그에게서 설암 화상의 「좌선잠坐禪箴」을 구해 베끼며 읽어 보니, 내 공부는 역시 아직 그에 이르지 못함을 알게 되었다. 그래서 설암 스님 회상으로 가서 그의 가르침을 받아 공부하되 오직 '무' 자만을 들었다.

나흘째 되던 날 밤에, 온몸에서 땀을 흘리고 나자 매우 상쾌하여 그대로 승당으로 돌아가, 다른 사람과 말 한마디 나누지 않고 오로지 좌선에만 힘썼다.

나중에 원묘 고봉 화상을 뵈니, "하루 종일 끊어짐이 없게 하되 사경四更(오전 2시쯤)에 일어나 화두를 들어 얼굴 앞에 뚜렷이 있게 해라. 졸음이 오면 곧 몸을 일으켜 땅에 내려오되, 그때도 화두를 놓치지 말고, 걸을 때도 걸음걸음마다 화두를 여의지 마라. 자리를 펴거나 발우를 펼 때, 숟가락을 들거나 젓가락을 놓을 때, 대중을 따라 울력할 때도 언제나 화두를 여의지 말고, 낮이나 밤에도 또한 그렇게 하여 한 덩어리를 이루면, 환히 깨닫지 못할 사람이 없다" 했다. 고봉 화상의 가르침에 따라 공부했더니, 정말 한 덩어리를 이룰 수 있었다.

3월 20일에 설암 화상이 자리에 올라 "형제들이여, 포단 위에서 마냥 졸기만 하는구나! 반드시 땅에 내려와 한 바퀴 거닐고 찬물에 세수하고 두 눈을 씻고는 다시 포단 위에 올라가, 만 길 벼랑 위에 앉은 듯이 척추뼈를 곧추세우고는 오직 화두만을 들어라. 이와 같이 힘써 공부하면 이레 만에 반드시 깨달을 것이니, 이것은 산승이 사십 년 전에 이미 경험했던 공부 과정이다" 했다. 그 말씀을 듣고 그대로 따랐더니, 공부가 전과 다름을 금방 알 수 있었다.

둘째 날은 두 눈을 감으려고 하여도 감아지지 않았고, 셋째 날은 몸이 허공 속으로 걸어가는 것과 같았고, 넷째 날은 세상일이 있음을 전혀 알지 못했다. 그날 밤에 난간에 기대어 잠깐 서 있자니, 몸은 있는 줄도 몰랐으나 화두를 점검해 보니 여전히 잃지 않고 있었다.

몸을 돌려 포단에 오르니, 문득 머리부터 발끝까지가 마치 해골이 쪼개진 것 같고, 만 길이나 되는 우물 속에서 공중으로 높이 들려 올라간 것과 같았다. 이때가 걸림 없는 환희처歡喜處였다.

이러한 경계를 설암 화상에게 말씀드리니, 스님이 "아직 멀었다. 더 공부하라" 했다. 법어를 청하니, 마지막에 "불조를 잇는 향상사向上事는 뒤통수에 여전히 한 방망이 모자라네" 했다. 마음속으로 '어째서 한 방망이가 모자란단 말씀인가?' 하는 생각에 그 말을 믿지 않았으나, 역시 의혹이 있는 것 같기도 했다. 결국 결단하지 못한 채로 날마다 오롯이 선을 참구하는 사이에 반년이 흘렀다.

하루는 머리가 아파 약을 달이는데, 마침 각 적비覺赤鼻 스님이, "나타 태자가 뼈를 부수어 아버지에게 돌려주고 살을 발라 어머니에게 돌려주었다"라는 화두를 묻는데, 예전에 내가 오 지객悟知客 스님의 물음에 좀처럼 대답하지 못했던 일을 생각하는 순간 문득 이 의단을 깨뜨렸다.

나중에 몽산에 갔는데, 몽산 화상이 "참선은 어떤 곳에 이르러야 공부를 마친 곳이 되겠는가" 하고 물었으나 끝내 두서 있는 답을 하지 못하자, 스님이 "다시 정력定力 공부에 힘써 번뇌와 습기를 깨끗이 씻어라" 했다. 그 뒤로도 입실하여 하어下語[1]를 드릴 때마다 다만 "아직 멀었다!"라고 할 뿐이었다.

하루는 해질 무렵에 자리에 앉아 새벽이 될 때까지 정력定力으로 밀어붙이니, 참으로 깊고 미묘한 경계가 이루어졌다. 정定에서 나와 스님을 뵙고 그 경계를 말씀드리니, 스님이 "어떤 것이 네 본래면목이냐?"라고 묻기에, 막 대답하려는데 스님이 문을 닫아 버렸다. 이때부터 날로 공부에 묘처妙處가 있었다.

돌이켜 생각해 보면, 설암 화상을 너무 일찍 떠난 탓에 세밀한 공부를 하지 못하다가 다행히 본분 종장을 만나 여기에 이를 수가 있었다. 본디 공부란 알차고 탄탄하게 하면 날마다 깨달음이 있고 걸음마다 벗겨져 떨어짐이 있기 마련이다.

하루는 벽 위에 걸린 삼조三祖 화상의 「신심명」에 "뿌리로 돌아가면 뜻을 얻고 비춤을 따라가면 종지를 잃는다" 한 것을 보고는 껍질을 한 꺼풀 더 벗었다. 스님이 "이 일은 마치 구슬을 가는 것과 같아 갈수록 더욱 광채가 나고 밝을수록 더욱 깨끗해지니, 차츰차츰 한 꺼풀씩 벗겨 가면 몇 생에 걸친 다른 공부보다 낫다" 하고는, 내 경계를 말씀드릴 때마다 다만 "아직 멀었어!"라고만 했다.

하루는 정에 들어 있다가 스님의 "아직 멀었어!"라는 말뜻을 문득 깨달았다. 몸과 마음이 툭 터지고 골수까지 환해져서 마치 눈이 쌓였다가 녹아 없어진 듯했다. 기쁨을 참을 수 없어 땅으로 뛰어내려와 스님의 멱살을 잡고 "내가 무엇이 모자란단 말입니까?" 하니, 스님이 손바닥으로 세 번 때렸다. 내가 세 번 절하니, 스님이 "철산아! 이 일착자—着子가 몇 년 만이냐? 오늘에야 비로소 해 마쳤구나!" 했다.

잠깐이라도 화두를 놓치게 되면 마치 죽은 사람과 같으니, 온갖 경계가 몸을 괴롭히더라도 오직 화두만을 들고 그것과 겨루되, 동動이나 정靜 중에서 힘을 얻었는지 힘을 얻지 못했는지를 수시로 화두에서 점검해라.

마찬가지로 정定에 들어 있는 동안에도 화두를 잃지 마라. 화두를 잃으면 사정邪定이 되고 만다. 마음속에서 깨달음을 기다리지 말고, 문자로 알려고 하지 말며, 조그만 각촉覺觸[2]으로 일을 마쳤다고 생각하지 마라.

다만 어리석은 듯이 둔한 듯이 할 따름이니, 불법이나 세상

법을 한 덩어리로 만들고, 하는 일이나 행동거지를 그저 평상 시처럼 하고, 예전의 행리처行履處를 고치기만 해라.

옛사람이 말하기를, "대도는 본디 말 가운데에 있지 않으 니, 현묘玄妙를 말하려고 하면 하늘과 땅만큼 벌어지네. 반드 시 주객을 모두 잊어버려야 비로소 배고프면 밥 먹고 곤하면 잠자고 할 수 있으리" 하였다.

1) 고칙古則이나 송頌에 대해 자기의 견해를 밝히는 것.
2) 좌선할 때 기연機緣을 접촉하여 자심自心을 깨닫는 것.

천목 단애 의 선사

대중에게 설법하다

범부를 뛰어넘어 성인의 지위에 들어 영원히 번뇌에서 벗어나고자 한다면, 가죽을 벗기고 뼈를 바꾸어 죽었다가 다시 살아나서, 마치 식은 재에서 다시 불꽃이 일어나고 죽은 나무에서 다시 꽃이 피듯 해야 하니, 어찌 쉬운 일이랴.

내가 선사先師 회상에서 오랫동안 늘 큰 방망이를 맞았으나 그때마다 잠깐이라도 싫어하는 생각을 내지 않았으니, 지금까지도 아픈 곳을 만져 보면 나도 모르게 눈물이 흐르곤 한다. 어찌 그대들이 조그만 고통을 당하여 머리를 가로저으며 돌아보지 않는 것과 같으랴.

천목 중본 본선사
대중에게 설법하다

선사先師 고봉 화상은 사람들에게 "오직 자신이 참구하는 화두를 마음속에 간직하여 걸어갈 때도 이렇게 참구하고 앉아 있을 때도 이렇게 참구하라. 이렇게 참구해서 힘이 미치지 못하는 곳과 생각이 머무르지 못하는 때에 이르러 문득 타파해 벗어나면 성불한 지 이미 오래되었음을 알게 될 것이다. 이것이 불조가 진작에 증험한, 생사를 벗어난 삼매이다. 중요한 것은, 철저히 믿어 오랫동안 물러서지 않는 데에 있다. 그렇게 하면 좋은 결과를 얻지 못할 사람이 없다" 하시곤 했다.

화두를 간하고 공부를 할 때 가장 중요한 것은 입각처가 분명하고 깨닫는 곳이 진실해야 함이니, 비록 금생에 깨닫지 못하더라도 신심이 느슨해지지 않으면, 한두 생을 넘기지 않아 깨달음을 얻게 될 것이다.

스무 해, 서른 해 동안 공부해서 깨달음을 얻지 못했더라도 다른 방편을 찾지 마라. 기이한 인연에 이끌리지도 말고, 여러 가지 망념을 끊으며, 부지런히 힘써 오직 자기가 참구하는 화두를 바라보고 굳게 지키되, 살면 같이 살고 죽으면 같이 죽기로 작정하면 3생이나 5생, 10생, 100생으로 이어진들 어떠랴.

철저하게 깨닫지 못했다면 쉬지 마라. 이러한 정인正因이 있으면 큰일을 이루지 못할까 근심할 것이 없다.

병중공부를 할 때는 용맹정진도 필요 없고 눈썹을 치뜨고 눈을 부릅뜰 필요도 없다. 다만 그대의 마음을 목석과 같이 하고 생각을 식은 재와 같이 가누는 것이 필요할 따름이다. 사대四大 환신幻身을 다른 세계 밖으로 던져 버리고, 병이 들어도 그만, 살아도 그만, 죽어도 그만, 누가 돌보아 주어도 그만, 돌보아 주는 이가 없어도 그만, 향기가 나도 그만, 더러운 냄새가 나도 그만, 병이 나아 건강해져도 그만, 살아서 일백이십 살까지 살아도 그만, 혹시 죽어서 숙세의 업으로 지옥에 끌려 들어가도 그만이라 생각해라.

이와 같은 경계 가운데서도 흔들리지 말고, 다만 간절히 아무런 재미도 없는 화두를 들고, 약탕기 곁이나 침대 위에서 묵묵히 묻고 참구하여 놓아 버리지 마라.

【평】이 노인의 여러 가지 말씀은 오직 사람들에게 화두를 간하되 진실하게 공부하여 올바른 깨달음만을 기약하게 한다. 정성스럽고 간절하며 뛰어나고 유쾌하여, 천 년이 지난 오늘에도 마치 얼굴을 마주하여 귀를 잡고 일러 주는 듯하다. 자세한 것은 「어록」에 있으니 꼭 찬찬히 읽어 보도록 해라.

사자봉 천여 칙 선사

널리 설하다

태어났으나 온 곳을 알지 못하는 것을 '태어남의 큰일(生大)'이라 하고, 죽었으나 가는 곳을 알지 못하는 것을 '죽음의 큰일(死大)'이라 한다. 납월 삼십일이 닥치면 손발이 허둥지둥 어찌할 바를 모르는데, 게다가 앞길이 아득하여 업을 따라 과보를 받는 일에 있어서랴. 이야말로 참으로 중요하고 급한 일이니, 이것이 생사 과보의 경계다.

생사업의 근본을 말하자면, 지금 잠깐 동안 소리를 따르고 색을 좇아 허둥지둥하는 이것이다. 그러므로 불조께서 큰 자비를 베풀어, 어떤 때는 너희에게 참선을 가르치시기도 하고 또는 염불을 가르치시기도 하여, 망념을 여의고 본래면목을 깨달아 훤칠한 대해탈인이 되게 이끌었던 것이다.

그러나 지금 그러한 영험을 얻지 못하는 것은 세 가지 병통 때문이다. 첫째는 진정한 선지식의 가르침을 만나지 못했기 때문이요, 둘째는 생사의 일이 큼을 사무치게 생각하지 않고 자신도 모르게 그럭저럭 무사無事의 껍질 속에 들어앉아 있기 때문이다. 셋째는 세상의 허망하고 덧없는 명예나 이익을 관조하여 떨치거나 내려놓지 않고, 망연妄緣의 악습에 주저앉아 끊지도, 털어 벗어나지도 못한 채, 경계의 바람이 부는 곳에서 저도 모르게 온몸이 업의 바다 가운데 빠져 동서로 허우적거리기 때문이다. 참된 도류道流라면 어찌 이와 같으랴.

아래와 같이 조사가 하신 말씀을 깊이 새겨야 할 것이다.

잡념이 분분히 날릴 제
어떻게 손을 쓸까?
하나의 화두
마치 쇠빗자루 같네.

쓸면 쓸수록 더욱 많아지니
많아지면 많아질수록 더 열심히 쓸어 내라.
쓸리지 않으면
목숨 바쳐 쓸어 내라.

문득 허공마저 쓸어 내고 나면
천차만별이 한 길로 통하리.

雜念紛飛　如何下手　一個話頭　如鐵掃箒

轉掃轉多　轉多轉掃　掃不得　拌命掃

忽然掃破太虛空　萬別千差一路通

　선덕들이여, 노력하여 금생에 반드시 일을 마치고 영겁토
록 재앙을 받지 않게 해라.

　어떤 이는 염불과 참선이 다를 것이라고 의심한다. 이는 참
선이 마음을 알고 성품 보기를 도모하는 것이며, 염불은 자성
미타, 유심정토를 깨닫는 것임을 알지 못하기 때문이다. 참선
과 염불이 어찌 두 가지랴. 경전에 "부처님을 기억하고 부처
님을 생각하면 지금이나 후세에 반드시 부처님을 뵈리라" 하
였으니, '지금 눈앞에서 부처님을 뵙는다'면 참선의 오도와
무슨 차이가 있겠는가?

　「답혹문」에 "'아마타불' 넉 자를 화두 삼아 온종일 빈틈없
이 공부를 지어 가서 한 생각도 나지 않는 경계에 이르면, 차
례를 밟지 않고 바로 불지佛地에 오른다" 하였다.

지철 선사
정토의 현묘한 문

염불을 한 번이나 세 번, 다섯 번이나 일곱 번 부르고는 묵묵히 "이 염불하는 소리가 어디서 일어났는가?" 하고 되묻거나, 또는 "이 염불하는 사람이 누구인가?" 하고 물어서, 의심이 생기면 오로지 의심만 해라. 만일에 묻는 곳이 분명하지 않고 의정이 절실하지 않으면 다시 "과연 염불하는 이가 누구인가?" 묻고, 그래도 그 물음에 의문이 적고 의심이 적으면 다시 "염불하는 사람이 누구인가?"를 물으며 자세히 살피고 자세히 물어라.

【평】앞의 물음은 생략하고 다만 "이 염불하는 사람이 누구인가?"만 참구해도 괜찮다.

여주 향산 무문 총 선사

널리 설하다

산승이 처음 독옹獨翁 화상을 뵈니, 스님은 '마음도 아니고 부처도 아니고 물건도 아니다'라는 것을 참구하게 했다. 나중에 운봉, 월산 등 여섯 도반과 함께 끝까지 공부를 마칠 것을 서원했다. 그런 다음에 회서淮西 화상을 뵈니, "이것으로는 공부를 이루지 못한다" 하시고는, '무' 자를 들게 했다.

다음에는 장로長蘆에 가서 도반과 결사하고 정진했다. 그 뒤에 회서淮西의 경敬 형을 만났더니, "너는 육칠 년 동안 어떤 경지가 있었느냐?" 하고 묻기에, 내가 "날마다 마음속에 아무 것도 없습니다" 하고 대답했더니, 경이 "너의 이 말들은 어디서 나왔느냐?" 하고 물었다.

나는 알 것 같기도 했으나 알지 못하여 감히 입을 열지 못했다. 그러자 경이 내 공부가 큰 진척이 없음을 알고는 "너의 정중定中 공부는 어지간하나 동처動處는 아직 멀었다" 했다.

나는 이 말을 듣고 깜짝 놀라 "이 큰일을 밝히려면 어떻게 해야 되겠습니까?" 하고 물으니, 경이 "너는 천川(야보 도천冶

父道川) 노인의 '분명한 뜻을 알려면 북두北斗를 남쪽을 향하여 보라'고 한 말씀을 듣지 못했느냐?" 하고는 휙 가 버렸다.

나는 이 물음을 받고는, 걸어도 걷는 줄 모르고 앉아 있어도 앉아 있는 줄 모른 채 일 주일 남짓한 동안 '무' 자는 들지 않고 그 대신 "분명한 뜻을 알려면 북두를 남쪽을 향하여 보라"는 것만을 참구했다.

어느 날, 정두료淨頭寮[1]에 갔다가 대중과 함께 나무 위에 앉아 있었는데, 여전히 의정이 풀리지 않더니 얼마 뒤에 마음속이 텅 비고 가볍고 맑아짐을 몰록 느꼈다. 마치 피부가 벗겨지듯이 망정妄情이 부서지고, 마치 허공인 듯이 눈앞의 사람이나 사물이 보이지 않았다. 반 시간 만에 깨어나니 온몸이 땀으로 흥건했고, 곧 "북두를 남쪽을 향하여 보라" 한 화두를 깨달았다.

경 형을 만나 내 생각을 말하고 게송(頌)을 짓기에는 아무 거리낌이 없었으나, 향상일로向上一路에서는 여전히 맑고 고요한 경지에 들지 못했다.

나중에 향암산에 들어가 여름 안거를 나는데, 모기가 물어뜯어 두 손을 가만둘 수가 없었다. 그래서 생각하기를, "옛사람은 법을 위해 몸을 잊었는데 어찌 모기 따위를 두려워하랴"

하고는, 모든 생각을 내려놓고 어금니를 꼭 물고 주먹을 불끈 쥐고는 오직 '무' 자만을 들며 참고 또 참았더니, 불현듯 몸과 마음이 고요해지면서 마치 방의 네 벽이 터진 듯하고 몸이 허공과 같아 마음에 아무 거리낌이 없었다. 진시(오전 7시부터 9시)에 앉아 미시(오후 1시부터 3시)에 정에서 일어나니, 불법이 사람을 속인 것이 아니라 다만 공부가 철저하지 않았던 것임을 알 수 있었다.

그러나 견해는 분명했지만 미세하고 은밀한 망상을 아직 다 여의지 못하여, 또 광주산으로 들어가 여섯 해 동안 정을 닦았고, 육안산에서 여섯 해 동안 머물었으며, 광주산에서 또 세 해 동안 머물고 나서야 비로소 깨달음을 얻었다.

【평】옛사람은 이와 같이 힘쓰고 고생했으며, 이와 같이 오래 공부하고서야 비로소 성취가 있었는데, 요즘 사람은 총명과 알음알이로 찰라 만에 깨쳤다고 돈오頓悟를 자부하려 드니, 어찌 잘못된 일이 아니겠는가!

1) 변소 청소를 하는 소임인 정두淨頭가 거처하는 집.

독봉 화상

대중에게 설법하다

도를 배우는 사람은 어디에서 일을 시작할 것인가? 화두를 드는 일로 시작해야 한다.

반야 화상

대중에게 설법하다

형제들이여! 세 해씩, 다섯 해씩 공부를 하다가 견처見處가 없으면 들고 있던 화두를 내버리니, 이것은 길을 가다가 중도에 그만 두는 것임을 알지 못한 처사다! 지금까지 애써 온 것이 참으로 애석하다.

뜻을 세웠으면, 이 회중에 물은 넉넉하고 땔나무는 잘 말랐으며 승당은 따뜻하니, 원을 세우고 세 해 동안 문을 나가지 않으면 반드시 얻을 날이 있을 것이다.

어떤 무리는 공부를 하다가 간신히 십지가 맑아져 어떤 경계가 나타나면 금방 사구四句를 짓는 등 큰일을 마쳤다 여기고 입을 함부로 놀리며 일생을 그르치니, 그 세 치 혀가 기운을 잃으면 장차 어떻게 보임保任하려는가?

불자여! 생사에서 벗어나려면 참구는 반드시 진실해야 하고 깨달음 또한 진실한 것이어야 한다.

때로 화두가 면밀하고 끊어짐이 없어서 몸이 있는 줄도 모르게 되는 경계에 이르면, 이것을 "인人은 잊었으나 법法은 아직 잊지 못했다" 한다. 또 본신本身을 잊고 있다가 홀연히 기억하는 경계에 이르면, 마치 꿈속에서 만 길이나 되는 높은 절벽에서 미끄러져 그저 목숨을 구하기에만 열중하다가 결국 실성하고 마는 것처럼 되니, 이럴 경우에는 반드시 화두를 단단히 들어 문득 화두조차 모두 잊게 되면 이것을 "인人과 법法을 모두 잊었다"라고 한다.

갑자기 식은 재에서 콩이 튀듯 해야만 비로소 장씨가 술을 마셨는데 이씨가 취하는 도리를 알 수 있지만, 내 문하에 와서 방망이로 맞기에 꼭 좋다. 왜냐하면 다시 여러 조사의 중관重關을 타파해야 하기 때문이다.

선지식을 두루 만나고, 얕고 깊은 모든 경계를 다 안 뒤에, 다시 물가나 나무 아래에서 성태聖胎를 기르다가, 용천龍天이 떠밀어 낼 때를 기다려 비로소 세상에 나와, 부처님의 가르침을 일으켜 세워 널리 중생을 제도해야 하리라!

설정 화상

대중에게 설법하다

　　하루 종일 씻은 듯이 가난한 마음으로 "부모가 낳기 전에 어떤 것이 나의 본래 모습인가?"를 참구하되, 힘을 얻거나 얻지 못하거나, 혼침하고 산란하거나 혼침과 산란이 없거나 상관하지 말고 오로지 화두만을 들어라.

앙산 고매 우 선사

대중에게 설법하다

용맹심을 내고 확실한 뜻을 세워, 평생 깨달았던 것이나 배웠던 것이나, 모든 불법이나 사륙문장四六文章[1]의 언어 삼매를 한꺼번에 쓸어서 바닷속에 넣어 버리고 다시는 생각하지 마라. 팔만사천 가지 미세한 생각들을 완전히 끊어 버리고, 본디 참구하던 화두를 단단히 들어 의심하고 의심하며 밀어붙이고·밀어붙이되, 몸과 마음을 집중하여 분명하게 찾아 깨닫는 것을 원칙으로 삼아라.

공안을 알음알이로 헤아리지 말고 또한 경서 속에서 찾지도 말아야 하니, 반드시 툭 끊어지고 탁 터져야만 비로소 집에 돌아오게 되리라.

화두를 들어도 들리지 않거든 연거푸 세 번을 들면 힘을 얻을 것이요, 몸이 피곤하고 마음이 산란하거든 가만히 땅으로 내려와 한 바퀴 거닐고 다시 포단 위에 올라가 참구하던 화두를 들고 전과 같이 간절히 밀고 나가라.

만일에 포단 위에 앉자마자 마냥 졸기만 하다가 눈을 뜨면 온갖 망상을 피우고, 몸을 돌려 포단에서 내려오면 또 삼삼오오 머리를 맞대고는 뱃속 가득 기억하고 있는 어록이나 경서로써 말재주나 자랑한다면, 이 같은 공부는 납월 삼십일이 되면 아무 쓸 데가 없다.

---

1) 육조六朝 시대에 발달한 문체. 네 자 또는 여섯 자의 대구對句를 써서, 읽는 자에게 미감을 주는 화려한 문체. 병려문骿儷文.

구주 설봉 우 선사

오대산 선善 강주에게 설법하다

문수가 금빛 광명을 놓으며 네 머리를 어루만져 주고, 사자가 너를 등에 태우며, 관음이 천 개의 손과 눈을 나타내며, 앵무새[1]가 네 손에 잡힌다 해도, 이것은 모두 색色을 좇고 소리를 따르는 것이니, 네게 무슨 이익이 있겠는가?

자기의 큰일을 밝혀 생사의 관문에서 벗어나려면 먼저 성인이나 범부의 허망한 견해를 끊어 버리고, 하루 종일 회광반조廻光返照하여 오직 "마음도 아니고 물건도 아니고 부처도 아니니, 이것이 무엇인가?"만을 참구하되, 부디 밖을 향하여 찾지 마라!

조그만 불법이나 신통이나 성스러운 견해가 마치 쌀 한 톨 크기만큼 생기더라도 모두 자신이 속은 것이니, 결국 부처를 비방하고 법을 비방하는 일이다.

힘써 참구하여, 몸을 벗어나 의지할 데가 없고 털 한 올도 세울 수 없는 곳에 이르러 '한쪽 눈'[2]을 얻으면 곧 '청주포삼青州布衫'[3]과 '진주라복鎭州蘿蔔'[4]이 모두 내 집에서 쓰는 물건임을 알게 될 것이니, 다시 따로 신통이나 성스런 견해를 구할 필요가 없다.

1) 극락세계에 사는 새. 부처님의 화신이다.
2) 명안明眼. 뛰어난 견식. 탁월한 견해.
3) 조주 스님에게 어떤 스님이 "만 가지 법은 하나로 돌아가지만 그 하나는 어디로 돌아갑니까?" 하고 물으니, 조주 스님이 "내가 청주에서 베 장삼(청주포삼) 한 벌을 지었는데, 무게가 일곱 근이었다" 했다.
4) 어떤 스님이 조주 스님에게 "스님께서는 저 유명한 남전 보원 스님을 직접 모시고 배우면서 그의 법을 이었다는 소문이 있는데 과연 그렇습니까?" 하니, 조주 스님이 "진주에서는 큰 무가 난다지(진주라복)" 했다.

영은 할당 선사

임금의 물음에 답하다

송나라 효종 황제가 물었다.

"어떻게 하면 생사를 벗어날 수 있습니까?"

"대승도大乘道를 깨닫지 못하면 결코 벗어나지 못합니다."

"어떻게 하면 깨달을 수 있습니까?"

"누구나 본래 가지고 있는 성품을 오랫동안 갈고 닦으면 깨닫지 못할 사람이 없습니다."

대승산 보암 단안 화상

대중에게 설법하다

만법이 하나로 돌아가니, 그 하나는 어디로 돌아가는가?

화두를 간하지 않고 공정空靜만을 지키며 앉아 있지 말고, 화두를 생각하며 의정 없이 앉아 있지 마라. 만일에 혼침과 산란이 있으면 생각을 일으켜 애써 버리려 하지 말고, 몸과 마음을 가다듬고 용맹스럽고 정미롭게 화두를 들어라!

그래도 안 되거든 땅에 내려와 천천히 거닐다가, 혼침과 산란이 사라졌다고 생각되면 다시 포단 위로 올라가라. 들지 않아도 저절로 들리고, 의심하지 않아도 저절로 의심이 되며, 걸어도 걷는 줄 모르고 앉아 있어도 앉은 줄 모르고, 오직 참구하는 생각만 있어 쓸쓸하고 휑칠하며 또렷하고 밝으면, 이것을 '번뇌가 끊어진 곳'이라 하고, 또한 '아我가 없어진 곳'이라 한다.

이렇게 되었더라도 구경처究竟處는 아니니, 다시 채찍질을 더하여 "그 하나는 어디로 돌아가는가?"를 참구해라. 여기서는 화두를 들되 절차가 없으니, 오직 의정만이 있게 하고 의정을 잃어버리면 곧 다시 들어라. 그리하여 반조返照하는 마음이 다한 경지에 이르면 이것이 '법法이 없다'는 경지니, 비로소 무심한 곳에 이른 것이다.

그렇다면 과연 이것이 구경처인가? 옛사람이 말하기를 "무심을 도라고 말하지 마라. 무심이 오히려 한 중관重關 막혔네" 하니, 문득 성색聲色을 만나 부딪치고 마주치게 된다면 크게 한 번 웃고 돌아와서 "회주 소가 여물 먹으니, 익주 말이 배가 터지네" 하고 말해도 좋으리라.

고졸 선사

대중에게 설법하다

대덕들이여! 어찌 큰 정진을 일으켜 삼보三寶 앞에서 "생사를 밝히지 못하고 조사관을 뚫지 못하면 맹세코 산에서 내려가지 않으리라" 하고 큰 원을 세우지 않는가?

장연상長連牀[1] 위, 칠척단七尺單[2] 앞에 바랑을 높이 걸어놓고, 천 길 벼랑처럼 꼿꼿이 앉아, 일생을 다 바쳐 철저하게 공부를 지어라. 이런 마음을 가진다면 결코 속는 일이 없으리라.

만일 발심이 진실하지 않고 뜻이 용맹스럽지 않아, 여기서 겨울을 지내고 저기서 여름을 나며, 오늘은 나아가고 내일은 뒷걸음질 치며, 오래오래 찾아도 뜻을 이루지 못하면, "반야가 영험이 없다" 하면서 도리어 밖을 향하게 되어, 뱃속 가득 문장을 기억하거나 경전을 베껴 마치 냄새나는 술지게미 같이 하여, 사람들로 하여금 토악질을 하지 않을 수 없게 한다.

이렇게 한다면, 미륵이 하생할 때까지 쭉 공부를 하더라도 아무 쓸데가 없다. 애석한 일이다.

---

1) 승당 안의 대중이 앉는 자리는 다섯 사람부터 열 사람까지 앉게 되어 있다. 장연탑長連榻이라고도 한다.
2) 자기의 좌상. 승당 안 한 사람의 단單(좌구)은 폭이 석 자, 길이가 일곱 자로 되어 있다.

태허 선사

대중에게 설법하다

아직 깨닫지 못했으면 모름지기 포단 위에 꼿꼿이 앉아, 열 해, 스무 해, 서른 해가 지나도록 '부모에게서 태어나기 이전 면목'을 참구해라.

초석 기 선사

대중에게 설법하다

형제들이 입만 벌리면 "나는 선승이다" 하고 말하지만, 누가 "무엇이 선禪인가?" 하고 물으면 이리저리 두리번거리며 입이 마치 멜대(扁擔)[1]와 같이 되니, 참으로 딱하고 부끄러운 일이다.

불조의 밥을 먹고 있으면서도 본분사를 알지 못하는 주제에, 문언文言이나 속구俗句를 다투어 익히고 큰소리치면서도 거리낌이 없고 부끄러운 줄 모르는구나. 또 어떤 이는 포단 위에서 '부모에게서 태어나기 전의 본래면목'은 밝히지 않고, 때아닌 품팔이 방아질이나 배워 마음속으로 복을 구하며 업장을 참회하거나 여의기를 바라니, 이는 모두 도와는 까마득히 멀다.

마음을 엄히 하고 생각을 거두고 일을 거두어 공空으로 돌아가, 생각이 일어나기만 하면 곧바로 내리누르니, 이런 견해는 곧 공망空亡에 떨어진 외도外道요 혼이 돌아오지 않은 죽은 사람이다.

또 어떤 이는 성낼 줄 알고 기뻐할 줄 알고 볼 줄 알고 들을 줄 아는 것을 잘못 인식하여, "분명히 알아차리는 이것이 곧 일생의 참학사參學事를 마친 것이다" 한다. 내가 그대에게 묻겠다. "무상이 닥칠 때 불태워져 한 무더기 재가 되면, 이 화낼 줄 알고, 기뻐할 줄 알고, 볼 줄 알고, 들을 줄 아는 이것이 어느 곳으로 가는가?"

이렇게 참구하는 것은 약홍은선藥汞銀禪[2]일 따름이니, 진짜 은銀이 아니라서 불에 달구어지면 곧 흘러내리고 만다.

또 "그대는 평소 무엇을 참구하는가?" 하고 물으면, "어떤 이가 '만법이 하나로 돌아가니 그 하나는 어디로 돌아가는가?'를 참구하라 했습니다" 하거나, 또는 "저에게 '다만 이렇게만 알면 된다' 했으나, 오늘에야 옳지 않은 줄 알겠습니다. 스님께 화두를 청합니다" 한다.

내가 "옛사람의 공안이 어찌 옳지 않으리오. 그대의 눈이 본래 바르건만 스승 탓에 삿되게 되었구나" 하고 말했으나, 거듭 청해 마지않기에 그 사람에게 말하기를 "'구자무불성狗子無佛性' 화두를 간하여 문득 칠통을 타파하더라도 다시 돌아와서 산승의 손에서 방망이를 맞아야 한다" 했다.

【평】저 앞의 '사자봉 천여 칙天如則 선사' 뒤로는 모두 원나라 말과 명나라 초의 존숙들이며, 그 가운데 걸봉과 고졸과 초석은 원, 명 두 대에 걸쳐 살았던 분들이다.

초석은 묘희(대혜 종고大慧宗杲)의 5세 손이니 그 견지가 햇빛이나 밝은 달과 같고, 기변機辯[3]이 우레처럼 맵고 바람처럼 날쌔서 단도직입으로 근원을 끊고 곁가지를 쳐 버리니, 참으로 묘희 노인에 견주어도 모자람이 없다.

천여 칙 선사는 오늘에 이르도록 그 아름다움이 짝할 사람이 없다. 그의 말은 모두 향상向上의 극칙사極則事만을 들었기에, 처음 공부 길에 든 학인에게 공부하는 법을 가르치는 말은 매우 드물다. 그래서 간신히 한두 가지를 얻어 적었다.

---

1) 저울로 무게를 달 때 물건을 다는 봉. 입이 뿌루퉁하니 'ㅅ' 모양이 되는 것을 이른다.
2) '약홍은樂汞銀'은 은과 비슷하게 생긴 '수은'을 말하니, 실참실오實參實悟가 없는 거짓 깨달음을 뜻한다.
3) 진리를 정곡으로 일러 주는 말.

고려 보제 선사

이상국의 편지에 답하다

전에 이미 '무' 자 화두를 들었다 하니, 굳이 화두를 바꾸어 참구할 필요는 없습니다. 더욱이 다른 화두를 들 때도 '무' 자 화두를 참구하게 된다고 하니, 이것은 '무' 자 화두에 웬만큼 익은 바가 있기 때문일 것입니다. 부디 뜻을 옮기지 말고, 화두를 바꾸어 참구하지 마십시오.

하루 종일 걷거나 앉거나 머무르거나 눕는 네 가지 행동거지 속에서 한결같이 화두를 들되, 언제 깨치고 깨치지 못할까에 얽매이지 말고, 또한 재미가 있고 없고, 힘을 얻고 힘을 얻지 못하고에 끄달리지 말고 힘차게 정진하여, 생각이 미치지 못하고 분별이 생기지 않는 곳에 이르면, 이곳이 모든 부처와 조사가 몸과 목숨을 버린 바로 그곳입니다.

【평】이 어록은 만력 정유년(조선 선조 30년, 1597년)에 복건의 허원진이 동정東征[1]했을 때 조선에서 얻어온 것이라서 중국

에는 아직 없는 것이다. 그래서 그 가운데 중요한 것을 기록하여 적었다.

1) 임진왜란 때 명나라 군사가 우리나라에 출정한 것을 말한다.

초산기 선사

해제 법어

대덕들이여! 구십 일 안거 동안에 증오證悟를 했는가? 아직 깨닫지 못했으면 이 한 겨울을 또 헛되게 보낸 셈이다. 본분 납자라면 시방 법계로써 원각圓覺 기일을 삼아, 장기든 단기든, 백 일이든 천 일이든, 결제든 해제든 상관없이 화두를 드는 순간을 시작으로 삼아, 한 해 만에 깨닫지 못하더라도 한 해를, 열 해 만에 깨닫지 못하더라도 열 해를, 스무 해 만에 깨닫지 못하더라도 스무 해를 참구하여, 평생을 다 바쳐 깨닫지 못하더라도 뜻을 바꾸지 말고 참구해라. 진실한 구경처를 보아야만 비로소 제대로 해제하는 날이다.

아직도 말하기에 이전에 뜻을 깨닫지 못했으면 다만 '아미타불' 한 구절을 깊이 생각하고 묵묵히 궁구하며 늘 채찍질하여 의정을 일으키되, "이 염불하는 놈이 누구인가?"를 참구해라.

생각생각 끊어짐이 없고 마음마음 빈틈이 없으면, 마치 사람이 길을 갈 적에 물이 다하고 산이 다한 곳에 이르면 자연히 사방으로 통하는 활로가 있는 것과 같이 '왁!' 하는 한 소리에 심체心體에 계합할 것이다.

【평】화두를 드는 일로 결제를 삼고, 진실한 구경처를 보는 일로 해제를 삼는다 하니, 부디 이 말을 명심해라.

천진 독봉 선 선사

대중에게 설법하다

진실로 생사에서 해탈하고자 한다면 큰 신심을 내어 "내가 참구하는 공안을 타파하여 부모에게서 태어나기 전의 면목을 분명히 보아, 미세한 생사 번뇌를 완전히 끊지 못하면, 맹세코 본참 화두를 버리거나 진실한 선지식을 멀리하거나 명리를 좇거나 하지 않으리라. 이 서원을 고의로 어기면 마땅히 악도에 떨어지리라"는 서원을 세워야 하리라. 이러한 큰 서원을 세우고 그 마음을 막아 지켜야만 비로소 공안을 받을 만하다.

'무' 자 화두를 참구한다면 "어찌하여 개에게 불성이 없는가?"라는 것을, '만법귀일'을 참구한다면 "하나는 어디로 돌아가는가?"라는 것을, '참구염불'일 때는 "염불하는 놈이 누구인가?"라는 것을 궁구해야 하니, 회광반조하여 깊이 의정에 들어가야 한다.

화두 들기에 힘을 얻지 못하면 다시 앞 문장부터 마지막 구절까지 들어서 머리와 꼬리가 일관되게 하면 비로소 두서가 있어서 의정을 이룰 것이다. 의정을 끊지 않고 간절히 마음을 내면, 저도 모르게 발을 내딛고 몸을 돌려 허공에서 한바탕 곤두박질치게 될 것이니, 이때 다시 와서 산승한테서 방망이를 맞도록 하라.

공곡 융 선사

대중에게 설법하다

정신없이 우두커니 앉아 화두를 생각(念話頭)하지도 말고, 또한 도리를 구명하거나 헤아리지도 말고, 오직 늘 분심을 내어 이 일을 밝힐 것만 생각해. 홀연히 천 길 벼랑에서 손을 놓아 몸을 굴리면 마침내 뚜렷하고 역력함을 보게 될 것이다.

그러나 여기에 이르러 탐착하는 마음을 내지 마라. 다시 뒤통수에 방망이 한 대를 맞아야 하니, 이곳이 매우 뚫기 어려운 곳이다. 그대들은 이와 같이 참구해라.

참구하지 않고 스스로 깨친 이가 예전에는 가끔 있었다. 그들 말고는, 힘써 참구하지 않고 깨달음을 얻은 사람은 아직 없다.

우담 화상은 "염불하는 놈이 누구인가?"를 간하라고 했으나, 꼭 이 방법을 쓸 필요는 없다. 여느 때처럼 염불하되 염불을 잃지만 않으면, 문득 경계에 부딪치면 부딪치는 대로, 인연을 만나면 만나는 대로 응접이 자재한 한 구절(轉身一句)을 얻어, 적광정토寂光淨土가 이곳을 여의지 않았고 아미타불이 자심自心에 지나지 않음을 알게 될 것이다.

【평】 "늘 분심을 내어 이 일을 밝혀라" 하니, 이 말씀이 매우 중요하다. 이 한 마디로 화두 참구하는 방법을 모두 섭수했다.

천기 화상

대중에게 설법하다

　그대들은 지금부터 결정심을 내어 밤낮으로 본참 공안을 단단히 잡고 "이것이 무슨 도리인가?" 하고 간하여, 이 일을 분명하게 밝히는 것에만 힘써라. 날이 오래되고 세월이 깊어지면 혼침은 단련하지 않아도 저절로 물러가고, 산란은 애쓰지 않아도 저절로 없어져서, 순수하고 깨끗하여 심념心念이 일어나지 않고 마치 꿈속에서 깨어난 듯 문득 깨달음을 얻을 것이다.

　그리하여 지난 일이 모두가 허깨비이고 그 자체로서 본디부터 이루어져 있음을 다시 간하니, 삼라만상의 완전한 기용機用이 우뚝 드러난지라. 이 드넓은 명나라에 사람으로는 굽힐 이가 없고, 우리 승가를 돌아보아도 스님으로는 굽힐 이가 없으니, 다시 와 인연 따라 날을 보내게 된다면 어찌 창쾌하지 않겠는가!

　종일 부처를 염念하면서도 완전히 부처가 염念하는 것인 줄 알지 못하니, 모르겠거든 반드시 "염불하는 놈이 누구인가?"를 참구해라. 눈을 똑바로 뜨고 마음을 굳건히 하여 낙처落處를 밝히는 일에만 힘써라.

【평】독봉과 천기는 모두 '참구염불'을 가르쳤는데, 공곡은 왜 "굳이 이런 방법을 쓸 필요가 없다" 했을까? 아마도 사람마다 근기가 다르기 때문일 것이니, 편할 대로 해도 괜찮으리라 본다.

고음 금 선사

대중에게 설법하다

좌선 중에 보이는 선악 경계는 모두 좌선할 때 살피지 않았거나 올바르게 사유하지 않았기 때문이다. 그저 눈을 감고 고요히 앉아 있기만 할 뿐, 마음이 정밀하지 않거나, 생각이 경계를 따라 흐르며 꿈속인 듯 생시인 듯하거나, 또는 고요한 경계에 붙들려 그것으로 즐거움을 삼기 때문에 이런 여러 가지 경계를 보게 되는 것이다.

올바르게 공부하는 자는 잠이 오면 자고, 한숨 자고는 다시 일어나 정신을 가다듬고, 두 눈을 비비고 어금니를 꼭 물고 두 주먹을 불끈 쥐고는 "화두의 낙처가 어디에 있는가?"를 참구해라.

부디 혼침에 끌려가지 말고 터럭만큼이라도 바깥 경계를 취하지 마라.

행주좌와 하는 가운데서 '아미타불' 한 구절이 끊이지 않게 해라. 염불 공덕이 인因도 깊고 과果도 깊음을 믿어, 애써 생각하지 않아도 저절로 생각되게 해라. 생각생각이 공空하지 않게 되면 틀림없이 생각이 한 덩어리를 이루어, 염불하는 그 자리에서 '염불하는 놈'을 알아 미타와 내가 함께 나타날 것 이다.

이암 등 선사

「석의집釋疑集」

"학인이 선지식을 찾아뵙고 가르침을 구했습니다. 그랬더니 어떤 이는 화두를 들게 하시고, 어떤 이는 화두를 의심하게 했습니다. 이 두 가지가 같습니까, 다릅니까?"

"화두를 들자말자 곧바로 의정을 일으켜야 하니 어찌 이치가 서로 다르겠는가? 화두를 들면 의정이 바로 나타나니, 이리저리 온갖 힘을 다 써서 정밀히 궁구하고 추궁하여 공부가 깊어지고 힘이 지극한 곳에 이르면, 깨달음은 저절로 얻게 될 것이다."

【평】「석의집」 가운데서 이 한 문장이 가장 요긴하다. 요즘 사람은 이 두 가지에 막혀 결정을 짓지 못하니, 아마 아직 실답게 공부를 하지 않았기 때문이리라.

월심 화상

대중에게 설법하다

참신한 뜻을 분연히 일으켜 화두를 들되, 반드시 끝 문구에서 의정이 길고 깊고 간절하게 해라.

어느 때는 입을 다물고 묵묵히 참구하기도 하고, 또 어느 때는 소리를 내어 추궁하고 살피되, 마치 귀중한 물건을 잃어버리고서 직접 되찾으려고 힘쓰는 것과 같이 해라. 그리하여 일상생활 가운데 언제 어디서나 다시는 두 생각이 없어야 한다.

제2문 조사들의 공부법

홀로 고요한 방에 앉다

도안道安 대사는 홀로 고요한 방에 앉아 열두 해 동안 정성을 다해 생각하고서 마침내 신비한 깨달음을 얻었다.

【평】이 노인은 정성을 다해 생각한 끝에 신비한 깨달음을 얻은 것이지, 그냥 고요히 앉아 있기만 하고서 깨달은 것이 아니다.

절벽 위 나무 아래에 앉다

정림靜琳 선사가 강講을 버리고 선禪을 배울 적 일이다. 혼침이 마음을 흐리게 하자, 천 길 되는 절벽 위에 나무 한 그루가 옆으로 뻗어 있는 것을 보고는 그 아래 풀을 깔고 앉아 일심으로 생각을 모았는데 걸핏하면 밤을 새우곤 했다.

죽음을 두려워하는 마음이 깊었으므로, 다른 생각 없이 정신을 오롯이 쏟다가 마침내 대오했다.

풀을 먹고 나무에 의지하다

통달通達 선사는 태백산에 들어갈 때 양식을 가져가지 않았다. 배고프면 풀을 먹고 쉴 때에는 나무에 의지하면서, 단정히 앉아 다섯 해 동안 현묘한 도리를 쉬지 않고 생각하더니, 어느 날 나무로 흙덩이를 쳐 흙덩이가 부서지는 것을 보고, 확연히 대오했다.

【평】 그대가 풀을 먹고 나무에서 살더라도, 현묘한 도리를 생각하지 않고 덧없이 수많은 세월만 보낸다면, 깊은 산에 사는 야인과 무슨 차이가 있겠는가?

허리띠를 풀지 않다

금광 조金光照 선사는 열세 살에 출가하여, 열아홉 살에 홍양산에 들어가 가섭 화상을 의지했는데, 세 해 동안 부지런히 정진하며 허리띠를 풀지 않고 자리에도 눕지 않았다. 뒤에 고야산에 있을 때도 이와 같이 하여 마침내 활연히 깨달았다.

송곳으로 제 몸을 찌르다

자명慈明, 곡천谷泉, 낭야瑯瑘 세 사람이 도반을 맺고 분양 화상 회상에서 지내게 되었다. 그때 하동河東은 매우 추워서 대중은 꺼려했으나 자명만이 뜻이 도에 있어 밤낮으로 힘써 정진하되, 밤에 졸음이 오면 송곳으로 제 몸을 찌르며 정진하더니, 나중에 분양 화상을 이어 도풍을 크게 떨쳐 '서하西河 의 사자'라고 불렸다.

어두운 방에서도 소홀하지 않다

굉지宏智 선사가 처음 단하 순丹霞淳 선사를 모실 때였다. 어느 날 대중과 함께 공안을 따져 묻다가 자기도 모르게 크게 웃으니, 순 선사가 꾸짖기를 "네 웃음소리 한 번으로 많은 좋은 일을 잃고 말았다. '잠시라도 화두를 놓치면 죽은 사람과 같다' 한 말씀을 듣지 못했느냐?" 하니, 굉지 스님이 두 번 절하고 마음속에 새겼다.

그 뒤에는 비록 어두운 방에 있을 때라도 소홀함이 없었다.

【평】옛사람은 도를 논하다가 웃은 일도 꾸짖었는데, 요즘은 세상의 우스갯소리를 듣고 배를 안고 크게 웃는 일도 거리낌이 없이 하니, 단하 화상이 이것을 보면 뭐라고 할까!

저녁이 되면 눈물을 흘리며 울다

이암 권伊庵權 선사는 공부를 맹렬히 하고서 저녁이 되면 눈물을 흘리며, "오늘도 또 이렇게 헛되게 지나갔으니 내일 공부가 어찌 될지 알 수 없구나!" 하고 탄식하곤 했다.

선사는 대중과 함께 살면서 사람들과 말 한마디도 나누지 않았다.

세 해 동안 힘써 행하다

　회당 심晦堂心 선사가 말씀하기를, "내가 처음 공부할 때는 매우 쉬운 일인 줄 알았는데, 황룡黃龍 선사를 뵌 뒤에 일상의 공부를 곰곰이 살펴보니 실제(理)와 모순되는 것이 매우 많았다. 그래서 세 해 동안 힘써 행하되, 큰 추위나 더위에도 굳은 뜻을 바꾸지 않았더니 비로소 현상계의 차별적인 현상(事事)이 이理와 다를 것이 없음을 깨달았다. 이제는 기침을 하거나 침을 뱉고 팔을 흔드는 것도 조사가 서쪽에서 온 뜻이다" 했다.

둥근 목침으로 잠을 쫓다

철름(鐵㗊) 시자는 잠잘 때면 늘 둥근 나무토막을 베개로 삼아, 잠깐 자다가 목침이 구르면 깨어나 다시 일어나 앉곤 했다.

누가 "용심이 너무 지나치다" 하면, "나는 반야와 인연이 얕아서, 이렇게라도 하지 않으면 혹시나 망습(妄習)에 끄달릴까 두려워서 그런다" 하고 대답했다.

비를 맞고도 알지 못하다

전주 암주菴主는 밥 먹고 쉴 틈도 없이 열심히 공부했다. 하루는 난간에 기대어 '구자狗子' 화두를 간하다가 비가 내리는 것도 알아채지 못하더니, 옷이 흠씬 젖고 나서야 비로소 알았다.

이부자리를 펴지 않기를 맹세하다

불등 순佛燈珣 선사가 불감佛鑑 화상 회상에서 살 때였다. 하루는 대중을 따라 법요를 물었지만 까마득하기만 하고 입처入處가 없자, 탄식하며 "금생에 철저하게 깨닫기까지 맹세코 이부자리를 펴지 않으리라" 하고 다짐했다. 그로부터 사십구 일 동안 마치 어머니가 돌아가신 듯이 노주露柱[1]에 기대어 땅에 서서 정진하더니, 마침내 큰 깨달음을 얻었다.

1) 선원의 경내에 있는 돌 또는 나무로 만든 둥근 기둥.

편지를 내던지고 돌아보지 않다

철면 병鐵面昺 선사가 행각할 때였다. 고향을 떠난 지 얼마 되지 않아, 수업사受業師[1]에게서 "하룻밤에 불이 나서 집이 다 타 버렸다네" 하는 소식을 전해 듣고는 편지를 땅에 내던지며, "쓸데없이 사람 마음만 어지럽히는구나" 했다.

1) 득도한 후 처음 가르침을 받은 스승.

깨닫기를 굳게 맹세하다

영원 청靈源清 선사가 황용 심黃龍心 화상을 처음 뵙고 대중을 따라 문답하는데, 까마득해서 실마리조차 알 수 없었다. 밤에 부처님 앞에 나아가 "몸과 목숨을 다하여 법으로 단檀[1]을 삼으리니, 원하옵건대 어서 깨달음을 얻어지이다" 하고 맹세했다.

뒤에 「현사어록」을 보다가 피곤해서 잠시 벽에 기대었다가 일어나 경행하는데, 걸음이 빨라 신이 벗겨졌다. 몸을 숙여 신을 다시 신다가 문득 크게 깨달았다.

---

1) 불·보살 등을 안치하고 공양물, 공양구 등을 설치하는 수법단修法檀.

공부 아닌 다른 반연은 없었다

원오 근圓悟勤 선사는 동산 연東山演 화상에게 두 번 참예한 뒤에 시자가 되어 깊이 참구하고 힘써 궁구했다. 어느 때 스스로 이렇게 말한 적이 있다.

"산승은 대중 속에서 잠시도 다른 반연을 갖지 않았더니, 열 해 만에야 비로소 철저히 깨달았다."

【평】원오 근 선사는 열 해 동안 잠시도 공부 아닌 다른 반연이 없이 살았다니, 그대들에게 묻겠다. 오늘 하루 동안 다른 반연이 얼마나 있었던가? 그러고서 언제 철저히 타파할 수 있겠는가!

잠시도 잊지 않다

목암 충牧菴忠 선사는 처음에 천태교를 배우다가 나중에 선종에 뜻을 두고 용문 안龍門眼 화상에게 참예하여 잠시도 화두를 잊지 않았다. 그러던 어느 날 물방앗간을 거닐다가 편액에 '법륜이 항상 구른다(法輪常轉)'라고 적힌 것을 보고 홀연히 대오했다.

나루에 다다른 것도 모르다

경수 형慶壽亭 선사는 정주의 보조 보普照寶 화상에게 참예하여 아침저녁으로 정성을 다해 정진했다. 하루는 일이 있어 휴양睢陽으로 가다가 조도趙渡를 건너는데, 의정이 흩어지지 않아 나루에 다다른 것도 몰랐다. 동행이 "여기는 나루터입니다!" 하고 깨우쳐 준 순간에 환하게 깨달았다.

슬픔과 기쁨이 뒤섞인 채 보 스님에게 이 일을 말하니, 스님이 "이 송장아! 아직 멀었어!" 하고는, '일면불日面佛'[1] 화두를 참구하게 했다.

어느 날 승당에서 정좌하다가 판板[2] 소리를 듣고 대오했다.

---

1) 어느 날 마조 도일이 병이 들어 누워 있는데, 원주가 찾아와서 "화상께선 요즘 건강이 어떠십니까?" 하고 물으니, 마조는 "일면불 월면불日面佛 月面佛"이라 답했다.
2) 선원에서 행사 때 소리를 울려 알리는 기구.

침식을 모두 잊다

송원 악松源岳 선사는 처음에 거사 신분으로 응암 화應菴華 화상에게 참예했으나 깨닫지 못하자 더욱 분발하여 정진했다.

나중에 밀암 걸密菴傑을 뵈었는데 물으면 묻는 대로 대답하니, 밀암이 "황양목선黃楊木禪[1]이로군!" 하며 탄식하니, 분발하고 더욱 간절하여 침식을 잊을 지경에 이르렀다.

때마침 밀암의 방에 들어갔다가, 어떤 스님이 "마음도 아니고 부처도 아니고 물건도 아닌 것이 무엇입니까?" 하고 묻는 것을 곁에서 듣고 대오했다.

---

1) 깨달은 곳에 주저앉아 활용하는 솜씨가 없는 사람을 꾸짖는 말.

말도 몸도 모두 잊다

고봉 묘高峯妙 선사는 회중에서 자리에 눕지 않고 말도 몸도 모두 잊으니, 어느 때는 변소에 갔다가 속옷 바람으로 나오기도 하고 또 어느 때는 함을 열었다가 닫지 않고 가곤 하더니, 나중에 경산사에서 승당으로 돌아가 대오했다.

모든 반연을 끊다

걸봉 우傑峯愚 선사는 처음에 고애, 석문 두 스님에게 참예하여 법요를 듣고 밤낮으로 정진했으나 계합하지 못하자, 뒤에 지암止巖 화상에게 참예하니, 스님이 "마음도 아니고 부처도 아니고 물건도 아닌 것이 무엇인가?" 하는 것을 들어 보였다.

이로부터 의정이 더욱 간절해져서 마침내 모든 반연을 끊고 잠자는 것도 밥 먹는 것도 모두 잊으니, 마치 기절한 사람과도 같았다.

하루는 저녁부터 좌선하여 한밤중에 이르렀다. 곁에 있는 어떤 스님이 「증도가」를 읽는데 "망상도 여의지 않고 참(眞)도 구하지 않네" 하는 것을 듣고는, 마치 무거운 짐을 벗어 버리듯 활연히 깨달았다.

"한밤중에 홀연히 달 가리키는 손가락 잊으니, 허공에서 붉은 해가 솟아오르네(夜半忽然忘月指 虛空迸出日輪紅)"라는 게송을 남겼다.

문을 닫고 힘써 참구하다

이자 초재移刺楚材[1] 승상은 만송 노인에게 참예하여, 집안 일을 물리치고 인적을 끊었다. 날이 몹시 춥거나 무덥거나 참 구하지 않는 날이 없고, 등불을 밝혀 밤낮으로 침식을 잊고 정 진한 지 거의 세 해 만에 마침내 인증印證을 얻었다.

【평】이렇게 마음을 쓰고 이렇게 도를 증득했으니, 과연 '재가 보살'이라 할 만하다. 요즘 사람들은 배부르도록 고기를 실컷 먹고 와서 스님을 찾고 선禪을 논하니, 무슨 도움이 되겠는가!

1) 야율 초재耶律楚材(1190-1244년)라고도 하고 유 초재劉楚材라고도 한다. 요동 단왕돌욕丹王突欲의 후예이다. 처음에는 금나라에서 벼슬하여 작은 관리가 되었으나, 얼마 뒤에 이를 버리고 연경 보은사 종용암에 의지하여 만송 행수 萬松行秀 선사 회상에서 선을 참구하여 세 해 만에 그의 심법을 이었다. 원 태 조가 그의 이름을 듣고 초빙하여 정벌할 때마다 함께하니, 거사는 늘 살생을 그만둘 것을 간했다. 태종 때는 중서령中書令이 되어 군국軍國의 큰일을 모두 결정했다. 그가 결정하는 일마다 임금은 찬탄해 마지않고 상을 더욱 많이 내 리니, 거의 백만에 이를 지경이었다. 그러나 거사는 포의소식布衣蔬食으로 담 박하기가 일반인과 같았다. 죽을 때 하사받은 재산을 모두 가난한 사람들에게 나누어 주고, 남송 순우淳祐 4년 5월, 그의 나이 쉰다섯 살 되던 때에 입적했 다. 묘가 지금 북경 이화원頤和園 안에 있다.

머리를 기둥에 부딪치다

중봉 본中峯本 선사는 사관死關에서 고봉 화상을 모시고 밤낮으로 정진했는데, 곤하면 머리를 기둥에 부딪치곤 했다. 하루는 「금강경」을 외다가 "여래의 아눗다라삼먁삼보리를 짊어지게 될 것이다"라는 대목에 이르러 환하게 개오開解했다. 그러나 "증득한 바가 아직 구경에 이른 것이 아니다" 하고는 더욱 힘써 정진하며 부지런히 법을 묻고 결택하더니, 어느 날 흘러가는 물을 보고 있다가 마침내 크게 깨달았다.

【평】스스로 "증득한 바가 아직 구경에 이른 것이 아니다" 했으니, 그런 까닭으로 마침내 지극한 곳에 이르렀다. 요즘 길 위에 있으면서도 집에 다다른 것으로 여기는 이가 많으니, 딱하다.

사관死關에 들어 힘써 정진하다

독봉 선毒峯善 선사는 육계淸溪에서 사관死關에 들어가 침대를 두지 않고 오직 걸상 하나만 놓고 정진하며 깨닫는 것으로 법칙을 삼았다. 그러던 어느 날은 저녁부터 졸다가 밤중이 된 줄도 몰랐음을 알고는, 걸상마저 치워 버리고 밤낮으로 서서 참구했다. 또 어느 때에는 벽에 기대어 졸았음을 알고는, "벽에도 기대지 않으리라" 맹세한 뒤로 마냥 걷기만 하니, 심신이 피로하여 수마가 더욱 심해졌다.

그리하여 부처님 앞에 나아가 슬피 울며 온갖 방법을 써서 노력하니 공부가 날로 진취했고, 어느 날 종소리를 듣고 홀연히 자유로움을 얻고는 이렇게 게송을 지었다.

조용하고 고요하여 시위施爲가 끊어졌더니
쿵! 하고 울리는 뜻밖의 종소리, 우레와 같네.
천지를 진동하는 이 한 소리에 소식 다하니
해골은 가루가 되고 꿈에서 깨어났네.

沈沈寂寂絶施爲　觸着無端吼似雷
動地一聲消息盡　髑髏粉碎夢初回

옆구리를 땅에 대지 않다

벽봉 금벽峯金 선사가 진운 해晉雲海 화상에게 참예하니, '만법귀일' 화두를 참구하게 해서 세 해 동안 의심했다.

하루는 나물거리를 캐는데 문득 화두가 오랫동안 성성했다. 해海 스님이 "네가 정定에 들었느냐?" 하고 묻기에, "정定과 동動이 상관없습니다" 하고 답했다.

해 스님이 다시 "정과 동이 상관없는 것이 어떤 놈이냐?" 하고 묻자, 금 스님이 광주리를 들어 보였다. 해 스님은 그것을 인정하지 않았다. 다시 광주리를 땅에 내던져도 역시 인정하지 않았다.

그 뒤로 공부가 더욱 간절해져서, 옆구리를 바닥에 대는 일 없이 한 번씩 앉으면 이레가 지나곤 했다. 그러다가 어느 날 벌목하는 소리를 듣고 대오했다.

홀로 둔한 공부법을 지키다

서촉의 무제無際 선사는 처음 공부할 때, 손가락 네 개를 합친 것만한 큰 서첩도 보지 않으며 오직 까막눈인 채로 둔한 공부만을 이어 갔다. 그리하여 마침내 대철대오大徹大悟를 얻었다.

【평】 말씀의 뜻은 지극히 옳지만, 교리에 밝지 못한 사람은 흉내 내지 마라.

후집 後集

여러 경전에서 간추리다

대반야경

공중에서 어떤 소리가 상제보살常啼菩薩에게 일렀다.

"너는 동쪽으로 가서 반야를 구하되, 고단함을 핑계 대지 말고 잠잘 생각을 하지 말며, 음식을 생각하지 말고 밤낮도 생각하지 마라. 춥고 더운 것을 두려워하지 말고, 안팎의 법에 마음을 헝클어뜨리지 말며, 걸어갈 때 좌우를 돌아보지 말고 앞뒤와 상하와 네 간방間方 따위를 보지 말지니라."

화엄경

근수 보살 게송에서 이렇게 말했다.

송곳을 비벼 불을 낼 때
불이 아직 붙지 않았는데 자주 쉬면
불기운도 따라서 잦아드는 것과 같이
게으른 사람 또한 그러하네.

【평】지혜의 송곳을 한곳에 모으고 방편의 노끈을 잘 돌려라.
심지心智가 머무는 데 없고 몸가짐에 틈이 없으면 성도聖道를
얻을 수 있다. 잠시 마음을 일으켜 잠깐이라도 비춤을 잃으면,
이것을 '쉰다'고 한다.

대집월장경

　부지런히 힘써 생각을 모아 흩어지지 않으면, 번뇌가 쉬어 오래지 않아 무상보리를 얻는다.

십육관경

부처님이 위제희에게 이르셨다. "마땅히 전념하여 생각을 한곳으로 모을지니라."

출요경

지혜로운 사람은 지혜로써 마음을 단련하여 온갖 허물을 찾아 궁구하나니, 마치 광철鑛鐵을 수없이 단련하면 정금精金이 되고 또 큰 바다가 밤낮으로 용솟음쳐 큰 보배가 되듯이, 사람도 이처럼 밤낮으로 마음을 기울여 쉬지 않으면 과증果證을 얻게 된다.

【평】 요즘 사람들은 마음을 쉬어 선나禪那에 들어갈 줄만 아는데, 어찌 마음을 힘써 단련하여 과증果證 얻을 줄은 모르는가?

대관정경

선정을 닦는 비구라면 다른 생각을 하지 않고 오직 한 법만
을 지켜야 마음을 보게 될 것이다.

유교경

마음이란 한곳에 꼼짝없이 붙들어(制止) 두면 이루지 못할 것이 없다.

【평】 "한 법만을 지킨다" 하고, 또 "한곳에 꼼짝없이 붙들어 (制止) 둔다" 하였으니, 다행히 이런 말도 있었구나!

능엄경

또 이 마음을 안팎으로 정밀히 연구할지니라.

또한 이 마음을 연구하여 끝까지 남김없이 정밀히 할지니라.

미타경

부처님 명호를 마음에 지녀 지성으로 부르되 일심불란一心
不亂하게 할지니라.

【평】이 '일심불란' 네 글자면 참선의 일을 다 마치건만, 사람
들이 이것을 소홀히 여긴다.

능가경

능취能取와 소취所取의 분별 경계가 모두 마음에서 비롯되는 것임을 알고 싶으면, 번거로움과 시끄러움과 혼침과 수면을 피하여 초저녁이나 한밤중이나 새벽에 부지런히 수행해라.

금강반야경

　살타파륜 보살은 일곱 해 동안 경행하거나 서 있었고, 앉지
도 않고 눕지도 않았다.

보적경

부처님이 사리불에게 이르셨다. "저 두 보살(정명, 보적)은 정진을 할 때, 천 년 동안 잠시라도 잠에 끄달린 적이 없었고, 천 년 동안 한 번도 음식의 짜고 싱겁고 좋고 궂음을 분별한 적이 없었으며, 천 년 동안 걸식할 때마다 음식을 주는 사람이 남자인지 여자인지를 본 적이 없었다. 천 년 동안 나무 아래 살면서도 고개를 들어 나무 모양을 본 적이 없었으며, 천 년 동안 고향의 식구들을 생각한 적이 없었고, 천 년 동안 머리를 깎고 싶다는 생각을 낸 적이 없었다. 천 년 동안 덥다고 시원한 것을 찾거나 춥다고 따뜻한 것을 찾을 생각을 낸 적이 없었고, 천 년 동안 세상의 무익한 일을 말한 적이 없었느니라."

【평】이것은 대보살의 경계라 보통 사람이 따라 하기 힘든 바이지만, 꼭 알아 두지 않으면 안 된다.

대집경

  법오法悟 비구는 이만 년 동안 늘 염불을 수행하되, 잠자지
도 않았고, 탐심이나 진심을 내지도 않았으며, 일가붙이나 의
식衣食이나 일상생활에 필요한 물건을 생각한 적이 없었다.

염불삼매경

　사리불은 스무 해 동안 늘 부지런히 비파사나毗婆舍那를 닦되, 걷거나 머무르거나 앉거나 눕는 일상생활 가운데서 언제나 올바른 생각으로 관찰하여 한 번도 흔들리거나 혼란스러워한 적이 없었다.

자재왕보살경

    금강제金剛齊 비구가 정법을 닦을 적에, 여러 마군이 몸을 숨기고 천 년 동안 틈을 엿보았으나, 잠시도 마음이 산란한 적이 없어 어지럽게 할 수 없었다.

여래지인경

　전륜성왕 혜기慧起는 나라를 버리고 출가하여 삼천 년 동안 정진하는 동안 한 번도 기대거나 눕지 않았다.

중아함경

아나율타 존자와 난제 존자와 금비라 존자가 함께 숲 속에 살 때, 앞서거니 뒤서거니 밥을 빌고 돌아와 좌선을 했다. 해거름이 되면 먼저 자리에서 일어난 사람이 물을 길었는데, 감당할 수 있으면 혼자 들고 감당할 수 없을 때는 손짓으로 다른 비구를 불러 둘이 함께 들었다. 저마다 묵언하며 지내다가 닷새마다 한 번씩 모여 때로는 두 사람이 법을 설하고, 때로는 성스럽게 묵연默然하기도 했다.

【평】이것은 도반을 맺고 수행하는 데에 두고두고 좋은 본보기다.

잡비유경

파라나국의 어떤 사람이 출가하여 맹세하기를, "응진도應
眞道(아라한)를 이루기까지 결코 누워 쉬지 않으리라" 하고는
밤낮으로 경행하더니 세 해 만에 도를 얻었다. 또 나열지국의
어떤 사문은 풀을 깔아 자리를 만들고 그 위에 앉아 맹세하기
를, "도를 얻지 못하면 결코 자리에서 일어나지 않으리라" 하
고는 잠이 오면 송곳으로 허벅지를 찌르더니 한 해 만에 아라
한이 되었다.

잡아함경

비구들이여! 방편을 써서 부지런히 힘쓰되, 몸이 야위어 피부가 거칠어지고 힘줄이 줄어들고 뼈가 드러나더라도 선법善法을 버리지 말며, … 꼭 얻어야 할 것을 아직 얻지 못했으면 정진을 멈추지 말고 늘 그 마음을 지녀 방일하지 마라.

【평】 '꼭 얻어야 할 것'이란 어떤 것인가? 이 경에 따르면, 모든 번뇌를 다하고 삼명육통三明六通을 깨달아 얻어서 성문과聲聞果를 이루는 것이요, 선종에서 기약하는 것이라면, 심종心宗을 뚜렷이 깨닫고 일체 종지를 깨달아 얻어 위없는 불과佛果를 이루는 것이다.

아함경

삼명三明을 성취하고 어리석음을 없애어 대지명大智明을 얻자면, 부지런히 수행하고 적정寂靜을 즐겨 홀로 거주하며, 온 마음과 힘을 다해 쉬지 않아야 한다.

【평】온 마음과 힘을 다해 쉬지 않고 오래 하는 것, 이것이 바로 '일심불란'이다.

법집요령경

　백 년 동안 게으르고 졸렬하게 정진하는 것, 이것은 하루 동안 용맹스럽게 정진하는 것보다 못하다.

　【평】이 구절에서 알 수 있는 것은, 저 장선화張善和[1] 무리가 임종을 맞아 염불 열 번으로 왕생했다는 것이 의심할 바 없이 매우 분명하다는 것이다.

---

1) 운서 주굉 스님의 다른 저서인 「왕생집」에 나오는 이야기. 당나라 때 장선화는 소 잡는 백정이었는데, 그가 임종에 이르렀을 때 소 떼들이 사람의 말로 "내 목숨을 내놓아라!" 하니, 선화가 몹시 놀라서 처를 불러 "빨리 스님을 모셔 와 나를 위해 참회하게 하오" 하였다. 스님이 "「관경」에 '임종에 이르러 상서롭지 못한 모습이 나타나더라도 지극한 마음으로 염불하면 곧 왕생한다' 하였습니다" 하니, 선화가 향로를 들 겨를도 없이 왼손에는 불을 높이 들고 오른손으로 향을 잡고 서쪽을 향하여 일심으로 염불했는데, 열 번을 채우기도 전, "부처님이 오셔서 나를 맞이해 주신다" 하고는 곧 죽었다.

무량수경

지극한 마음으로 정진하며 쉬지 않고 도를 구하면 반드시
극과極果를 이루리니, 무슨 원願인들 이루지 못하랴.

일향출생보살경

아미타불이 옛적에 태자였을 때 이 미묘한 법문을 듣고, 이를 받들어 정진했는데, 나이 칠천 살이 되기까지 사는 동안에 옆구리를 바닥에 대지 않았고 뜻에 흔들림이 없었다.

보적정법경

　기꺼운 마음으로 대승을 구하되 그 마음이 용맹하여 비록
몸과 목숨을 버리더라도 돌아보지 말며, 보살행을 닦되 부지
런히 정진하여 잠시도 게으르지 않아야 한다.

육도집경

무한한 정진바라밀이란, 마음을 도의 지극한 곳에 두고 정진함에 있어 게으르지 않으며, 행주좌와에 잠시도 쉬지 않는 것이다.

생각생각을 서로 계속 이어서 게으름을 피우지 마라.

수행도지경

  부처님이 말씀하시기를, "내 숙명宿命을 보니, 무량겁에 걸쳐 생사를 오가는 동안에 쌓인 뼈 무더기는 수미산보다 높고, 골수는 땅에 펴면 너끈히 대천세계를 다 덮을 만하고, 피는 예부터 지금까지 세상에 내린 빗물보다 더 많다. 생사의 환란에서 벗어나려면 밤낮으로 정진하여 무위無爲를 구해라" 했다.

  【평】 "도를 구하라" 하며, "이 미묘한 법문을 들어라" 하며, "기꺼운 마음으로 대승을 구하라" 하며, "마음을 도의 깊은 곳에 두어라" 하며, "무위無爲를 구하라" 하니, 이렇게 정진하는 것을 '올바른 정진'이라 한다. 이렇게 하지 않으면, 무량겁이 다하도록 몸을 아무리 고되게 하고 마음을 괴롭혀도, 어느 때는 외도에 빠지고 어느 때는 소승에 떨어져서 결국 아무런 이익이 없다.

보살본행경

성불成佛에 이르는 길은 모두 정진으로부터 비롯된다.

미륵소문경

　부처님이 아난에게 말씀하시기를, "미륵의 발심이 나보다 42겁이 앞섰으나, 내가 도심道心을 내어 힘써 정진하여 9겁을 뛰어넘어 위없는 정진도正眞道를 얻었다" 하였다.

【평】 석가는 미륵의 후배였으나 42겁 선배를 훌쩍 뛰어넘은 것은 부지런하고 게으른 데에서 비롯된 차이였다. 경전에 적혀 있기를, "미륵은 명리에 탐착하여 문벌가들과 놀기를 좋아했으니, 미륵이 먼저 배웠으나 뒤처져 나중에 이룬 것이 바로 이것 때문이다" 했다. 이로써 석가는 명리를 버리고 산속에 들어가 국왕이나 대신들과 가까이하지 않았음을 알 수 있다. 이 점을 꼭 기억해라!

문수반야경

    일행삼매一行三昧를 닦는 사람이라면 반드시 텅 비고 한가
한 곳에 머물면서 어지러운 생각을 모두 버리고, 마음에 실다
운 이치를 지키고 (아미타) 한 부처님만을 생각하여 생각생각
끊이지 않고 게으르지 않아야 한다. 그러면 한순간에 시방 제
불을 뵈며 큰 변재辯才를 얻게 되리라.

반주삼매경

구십 일 동안 앉지도 말고 눕지도 말며, 힘줄이 끊겨 뼈가 드러나더라도 삼매를 이루기까지 끝끝내 쉬지 마라.

【평】위의 두 글은 모두 염불에 대해 말했으나 여러 가지 법문을 겸하고 있기도 하다. 정업淨業을 닦는 사람이라면 반드시 알아 두어야 한다.

사십이장경

도 닦는 일을 비유하자면, 한 사람이 일만 명의 사람과 싸우기 위해 갑옷을 입고 성문을 나왔으나, 겁이 나서 발길을 돌리기도 하고, 싸우다가 죽기도 하고, 또는 승리하고 돌아오기도 하는 것과 같다. 도를 배우는 사문은 모름지기 마음을 굳게 먹고 용맹스럽게 정진하여 앞의 경계를 겁내지 말고 마군을 모두 없애야만 도과道果를 얻는다.

【평】'발길을 돌리는 사람'이란 스스로 한계를 두고 더 나아가지 않는 사람이고, '싸우다 죽는 사람'이란 조금 정진했지만 공을 이루지 못하는 사람이요, '승리하고 돌아오는 사람'이란 번뇌를 여의어 도를 이룬 사람이니, 승리한 것은 그 마음을 굳게 먹고 용맹스럽게 정진했기 때문이다.

배우는 사람이라면 일심으로 앞으로 나아가기만 하고, 퇴보하는 것도 두려워하지 말고 죽을 것도 두려워하지 마라.

앞에서 말씀하시지 않았느냐? "이 사람은 반드시 도를 이룰 것임을 내가 보증하노라" 하셨고, 또 「법화경」에서 "내 지금 그대를 위해 이 일이 결코 허망하지 않다는 것을 보장하노라" 하셨다. 부처님이 보증하신 일이니 무엇을 염려하고 무엇을 두려워하랴.

관약왕약상이보살경

　언제나 대승을 생각하여 마음에서 잊지 말며, 머리에 붙은 불을 끄듯이 부지런히 닦고 정진해라.

【평】"머리에 붙은 불을 끄듯이 부지런히 닦고 정진해라" 하신 말씀은 오늘날 총림에서 아침저녁으로 외고는 있지만, 그 글귀는 외워도 뜻을 생각하지 않고, 뜻은 알지만 실천을 하지 않으니 무슨 이익이 있겠는가?

보운경

　마음으로 마음을 묶고 마음으로 마음에 머물면, 마음이 오롯하기 때문에 순서대로 이어 나감에 틈이 없다. 또한 정심定心을 얻었기 때문에 마음이 늘 고요하다.

정법념처경

　부지런히 힘써 수행하면 법을 보게 되나니, 그러므로 응당 텅 비어 고요한 광야에서 한마음으로 정념正念하되, 말을 많이 하지도 말고 동무나 지인들과 서로 오가거나 만나지도 마라.

아비담집이문족

내 몸의 피와 살이 말라 가죽과 힘줄과 뼈만 남게 되더라도, 구하려는 수승한 법을 얻기까지 멈추지 말지니, 정진을 위해서라면 추위와 더위나, 배고픔과 목마름이나, 뱀이나 빈대나 등에나 모기나 비바람 같은 것을 참고 견디며, 남이 내게 주는 혹독한 괴로움이나, 목숨을 빼앗는 고통이나, 헐뜯는 말과 욕된 말도 참고 견뎌라.

【평】"구하려는 수승한 법을 얻기까지 멈추지 말라" 한 것은, 곧 종문宗門에서 말하는 "본참 화두를 타파하지 못하면 결코 쉬지 말라"는 말과 한뜻이다.

유가사지론

  육바라밀 가운데 앞의 세 가지는 계학戒學에 속하고, 선정
은 심학心學에 속하고, 반야는 혜학慧學에 속하는데, 정진은
그 모든 것에 두루 속한다.

대승장엄경론

지극한 마음으로 도를 배우되, 크나큰 용맹심을 내면 틀림없이 보리菩提에 나아가리라.

아비달마론

보살이 저사불底沙佛[1]에게 열 손가락을 모아 합장하고 한 발을 들고서, 한 가지 게송으로 이레 밤낮 동안 부처님 공덕을 찬탄하자 바로 9겁을 뛰어넘었다.

【평】「법집요령경」에서도 "하루 동안 간절히 정진하는 것이 백 년 동안 게으르고 졸렬하게 정진하는 것보다 낫다" 하시니, 옳도다, 이 말씀이여!

---

1) 저사불(〔산〕Tisya, 〔팔〕Tissa)은 세존이 과거세에 만났던 부처님. 세존이 과거 3아승지겁 동안 수행을 한 뒤에, 다시 용맹정진하여 백겁상호업百劫相好業을 수행할 때였다. 그때에 저사불이 보감寶龕 안에 앉아 화계정火界定에 들어가 니 위광이 혁혁하여 다른 부처님과 다른 것을 보고, 마침내 정성을 다해 우러 러보며 한 다리를 들고 서서 이레 밤낮 게송을 지어 부처님을 찬탄하기를, "天 地此界多聞室 逝宮天處十方無 丈夫牛王大沙門 尋地山林遍無等"이라 하니, 그 런 까닭으로 9겁을 초월하여 91겁 만에 정각을 이루었다. '한 가지 게송'이란 흔히 "하늘 위 하늘 아래 부처님이 으뜸이니(天上天下無如佛) 시방세계에서 견줄 이 없네(十方世界亦無比). 이 세상에 있는 것 내 다 보았지만(世間所有我 盡見) 부처님 같은 분은 다시 또 없네(一切無有如佛者)"를 말하는 것이라고 하니, 위의 게송도 같은 뜻이다.

서역기

협 존자가 여든 살에 출가하자, 젊은이들이 "출가인의 공부는 첫째는 선禪을 닦는 것이요 둘째는 경經을 외는 것인데, 늙고 쇠진했으니 무슨 진취가 있으랴" 하고 비웃었다.

존자가 이 말을 듣고서, "내가 만약 삼장 경론을 꿰지 못하고, 삼계의 욕망을 끊어 육신통과 팔해탈八解脫[1]을 갖추지 못하면 결코 옆구리를 땅에 붙이지 않으리라" 하고 맹세했다. 그리하여 낮에는 교리를 연구하고 밤에는 선을 닦아 마침내 세 해 만에 맹세한 바를 이루니, 당시 사람들이 우러러보며 '협 존자'라 했다.

【평】정정하기도 하구나, 이 노인이여! 게으른 비구를 격려하고 권면하기에 모자람이 없구나! 어찌 여든 살일 뿐이랴. 일백 살이라도 힘써 닦고 정진해야 하지 않겠는가.

---

1) 여덟 가지 정력定力으로써 색과 무색의 탐욕을 버리는 것. '팔승처八勝處'도 같은 뜻이다.

남해기귀

선우善遇 법사는 걷거나 머무르거나 앉거나 눕거나 간에 잠시도 헛되이 보내지 않고 콩을 헤아리며 염불했으니, 헤아린 콩이 두 섬이나 되었다.

법원주림

진陳의 서하사 혜포惠布 스님은 절 사리탑 서쪽에 살면서, 앉거나 눕지 않기로 서원한 뒤로 경행하면서 참선 수행을 했다. 이에 대중 팔십여 명도 모두 절 밖을 나서지 않았다.

관심소

조그마한 일을 이루려 해도 마음에 결연한 뜻이 없으면 이루지 못하는 법인데, 더욱이 오주五住[1]의 투박한 관문을 뚫고 생사의 큰 바다를 건너고자 하면서 부지런히 힘쓰지 않으면 무슨 수로 묘도妙道를 이룰 수 있겠는가?

---

1) 견見과 사思와 무명의 번뇌에는 견일체주지見一處住地, 욕애주지欲愛住地, 색애주지色愛住地, 유애주지有愛住地, 무명주지無明住地 등 다섯 가지 구별이 있으니, 이것을 오주지혹五住地惑 또는 오주지번뇌五住地煩惱라 한다. 이 다섯 가지 번뇌가 모든 번뇌의 밑바탕이 되므로 '주지住地'라 한다. 처음 것은 견혹, 다음 세 가지는 사혹, 마지막 무명주지는 무명혹이다.

영가집

지극한 도를 힘써 구하되, 몸과 목숨을 돌아보지 마라.

밤낮으로 반야를 실천하고 세세생생 힘써 정진하되, 언제나 머리에 붙은 불을 끄듯이 간절히 해라.

위산경책

법리法理를 연구할 적에는 깨달음을 법칙으로 삼아라.

【평】 '법칙'이란 '표준'이란 뜻이니, "깨달음으로써 표준을
삼으라"는 말이다. 종문宗門에서 "참선은 어느 곳에 이르러야
공을 마친 곳이 될까?"라고 했으니, 여기서는 크게 깨달아야
그만두지, 깨닫지 못하면 그만두지 않아야 한다는 뜻으로 말
했다.

정토참원의

앉든지 걷든지 언제나 흐트러지지 말고, 잠깐 동안이라도 세상의 오욕을 생각하거나 세상 사람들을 만나 이야기하거나 웃고 떠들지 마라. 일을 핑계 대고 공부를 늦추거나 게으름을 피우거나 졸지 말고, 잠깐 동안에도 생각을 단단히 묶어 끊어 지지 않게 해라.

법계차제

한층 더 채찍질하고 정진하며, 부지런히 구하고 쉬지 않는 것, 이것을 정진근精進根이라 한다.

심부

　아침저녁으로 피로를 잊고 굳건한 마음으로 지극한 도를 구하되, 밖을 향해 구하지 말고 마음을 비우고 생각을 맑혀, 조용한 방에서 정좌하여 두 손 단정히 모으고 생각을 쉴지니라.

【평】정업淨業 제자라면 "밖을 향해 구하지 말라"거나, "조용한 방에서 정좌하라"는 말을, "굳이 염불할 필요가 없다"는 말로 새겨듣지 마라.

　'염念' 자는 마음 심心을 따르고[1], '불佛'은 곧 자기 자신을 가리키는 것이니, 자심自心으로 자기를 염하는 것이 어찌 밖을 향해 구하는 일이랴! 더욱이 염하기를 그만두지 않으면 곧 삼매를 이룰 것이니, "조용한 방에서 정좌하라"는 말을 덧붙인 까닭이 무엇이겠는가?

---

1) "'염念' 자는 마음 심心을 따르고" 한 것은, 한자로 염念 자가 마음 심心 변임을 말한 것이다.

禪關策進

明古杭雲棲寺沙門袾宏輯

禪關策進序

禪曷爲有關乎 道無內外 無出入 而人之爲道也 有迷悟 於
是大知識關吏 不得不時其啓閉 愼其鎖鑰 嚴其勘覈 俾異言
服 私越度者 無所售其奸 而關之不易透亦已久矣 予初出家
得一帙於坊間 曰禪門佛祖綱目 中所載 多古尊宿自敍其參
學時 始之難入 中之做工夫經歷勞苦次第 與終之廓爾神悟
心愛之慕之 願學焉 旣而此書於他處 更不再見 乃續閱五燈
諸語錄雜傳 無論緇素 但實參實悟者 倂入前帙 刪繁取要
彙之成編 易名曰禪關策進 居則置案 行則攜囊 一覽之 則
心志激勵 神采煥發 勢自鞭逼前進 或曰是編也 爲未過關者
設也 已過關者長往矣 將安用之 雖然 關之外有重關焉 託
僞於雞聲 暫離於虎口 得少爲足　是爲增上慢人 水未窮
山未盡 警策在手 疾驅而長馳 破最後之幽關 徐而作罷參齋
未晚也

萬曆二十八年 歲次庚子 孟春日 雲棲祩宏識

前集 二門

諸祖法語節要第一

諸祖法語 今不取向上玄談 唯取做工夫喫緊處 又節其要略
以便時時省覽 激勵身心 次二諸祖苦功 後集諸經引證 俱
倣此

筠州黃檗運禪師示衆

預前若打不徹 臘月三十日到來 管取你熱亂 有般外道 纔見
人做工夫 便冷笑猶有這箇在 我且問你 忽然臨命終時 你將
何抵敵生死 須是閒時辦得下 忙時得用 多少省力 休待臨渴
掘井 做手脚不迭 前路茫茫 胡鑽亂撞 苦哉苦哉 平日只學
口頭三昧 說禪說道 呵佛罵祖 到這里都用不著 只管瞞人
爭知今日自瞞了也 勸你兄弟家 趁色力康健時 討取箇分曉
這些關棙子 甚是容易 自是你不肯去下死志做工夫 只管道
難了又難 若是丈夫漢 看箇公案 僧問趙州 狗子還有佛性也
無 州云 無 但二六時中看箇無字 晝參夜參 行住坐臥 著衣
吃飯處 屙屎放尿處 心心相顧 猛著精彩 守箇無字 日久歲
深 打成一片 忽然心華頓發 悟佛祖之機 便不被天下老和尚

舌頭瞞 便會開大口 達磨西來 無風起浪 世尊拈花 一場敗
闕 到這裏說甚閻羅老子 千聖尚不奈伱何 不信道直有這般
奇特 爲甚如此 事怕有心人

【評曰】此後代提公案看話頭之始也 然不必執定無字 或無
字 或萬法 或須彌山 或死了燒了等 或參究念佛 隨守一則
以悟爲期 所疑不同 悟則無二

趙州諗禪師示衆
汝但究理坐看三二十年 若不會 截取老僧頭去 ○老僧四十
年不雜用心 除二時粥飯 是雜用心處

玄沙備禪師示衆
夫學般若菩薩 具大根器 有大智慧始得 若根機遲鈍 直須勤
苦忍耐 日夜忘疲 如喪考妣相似 恁麼急切 更得人荷挾 剋骨
究實 不妨亦得觀去

鵝湖大義禪師垂誡
莫只忘形與死心 此箇難醫病最深 直須提起吹毛利 要剖西

來第一義　瞠卻眼兮剔起眉　反覆看渠渠是誰　若人靜坐不用
功　何年及第悟心空

永明壽禪師垂誡

學道之門別無奇特　只要洗滌根塵下無量劫來業識種子　汝
等但能消除情念　斷絕妄緣　對世間一切愛欲境界　心如木石
相似　直饒未明道眼　自然成就淨身　若逢眞正導師　切須勤心
親近　假使參而未徹　學而未成　歷在耳根　永爲道種　世世不
落惡趣　生生不失人身　纔出頭來　一聞千悟

黃龍死心新禪師小參

諸上座　人身難得　佛法難聞　此身不向今生度　更向何生度此
身　你諸人要參禪麼　須是放下著　放下箇甚麼　放下箇四大五
蘊　放下無量劫來許多業識　向自己腳跟下推窮　看是甚麼道
理　推來推去　忽然心華發明　照十方剎　可謂得之於心　應之
於手　便能變大地作黃金　攪長河爲酥酪　豈不暢快平生　莫只
管冊子上念言念語　討禪討道　禪道不在冊子上　縱饒念得一
大藏教　諸子百家　也只是閑言語　臨死之時　總用不著

【評曰】不可見恁麼說 便謗經毀法 蓋此語爲著文字而不修
行者戒也 非爲不識一丁者 立赤幟也

東山演禪師送徒行脚

須將生死二字貼 在額頭上 討取箇分曉 如只隨羣作隊打哄
過日 他時閻老子 打算飯錢 莫道我不曾說與你來 若是做工
夫 須要時時簡點 刻刻提撕 那裏是得力處 那裏是不得力處
那裏是打失處 那裏是不打失處 有一等纔上蒲團 便打瞌睡
及至醒來 胡思亂想 纔下蒲團 便說雜話 如此辦道 直至彌
勒下生 也未得入手 須是猛著精彩 提箇話頭 晝參夜參 與
他廝捱 不可坐在無事甲裏 又不可蒲團上死坐 若雜念轉鬪
轉多 輕輕放下 下地走一遭 再上蒲團 開兩眼 捏兩拳 豎起
脊梁 依前提起話頭 便覺清涼 如一鍋沸湯攙一杓冷水相似
如此做工夫 定有到家時節

佛跡頤菴眞禪師普說

信有十分 疑有十分 疑有十分 悟有十分 可將平生所見所聞
惡知惡解 奇言妙句 禪道佛法 貢高我慢等心 徹底傾瀉 只
就未明未了的公案上 距定脚頭 豎起脊梁 無分晝夜 直得東

西不辨 南北不分 如有氣的死人相似 心隨境化 觸著還知
自然念慮內忘 心識路絕 忽然打破髑髏 元來不從他得 那時
豈不慶快平生者哉

徑山大慧杲禪師答問

今時有自眼不明 只管教人死獺狙地休去歇去 又教人隨緣管
帶 忘情默照 又教人是事莫管 如是諸病 枉用工夫 無有了
期 但只存心一處 無有不得者 時節因緣到來 自然觸著磕著
噴地醒去 ○把自家心識緣世間塵勞的 回來底在般若上 縱
今生打未徹 臨命終時 定不爲惡業所牽 來生出頭 定在般若
中 見成受用 此是決定的事 無可疑者 ○但自時時提撕 妄
念起時 亦不必將心止遏 只看箇話頭 行也提撕 坐也提撕 提
撕來 提撕去 沒滋味 那時便是好處 不得放捨 忽然心華發明
照十方刹 便能於一毛端 現寶王刹 坐微塵裏 轉大法輪

【評曰】師自云 他人先定而後慧 某甲先慧而後定 蓋話頭疑
破 所謂休去歇去者 不期然而然矣

蒙山異禪師示衆

某年二十 知有此事 至三十二 請益十七八員長老 問他做工
夫 都無端的 後參皖山長老 教看無字 十二時中 要惺惺如貓
捕鼠 如雞抱卵 無令間斷 未透徹時 如鼠嚙棺材 不可移易
如此做去 定有發明時節 於是晝夜孜孜體究 經十八日 喫茶
次 忽會得世尊拈花 迦葉微笑 不勝歡喜 求決三四員長老 俱
無一語 或教只以海印三昧一印印定 餘俱莫管 便信此說 過
了二載 景定五年六月 在四川重慶府患痢 晝夜百次 危劇瀕
死 全不得力 海印三昧也用不得 從前解會的也用不得 有口
說不得 有身動不得 有死而已 業緣境界俱時現前 怕怖憧惶
衆苦交逼 遂强作主宰 分付後事 高著蒲團 裝一鑪香 徐起坐
定 默禱三寶龍天 悔過從前諸不善業 若大限當盡 願承般若
力 正念托生 早早出家 若得病愈 便棄俗爲僧 早得悟明 廣
度後學 作此願已 提箇無字 回光自看 未久之間 臟腑三四回
動 只不管他 良久 眼皮不動 又良久 不見有身 只話頭不絶
至晚方起 病退一半 復坐至三更四點 諸病盡退 身心輕安 八
月至江陵落髮 一年起單行脚 除中炊飯 悟得工夫須是一氣
做成 不可斷續 到黃龍歸堂 第一次睡魔來時 就座抖擻精神
輕輕敵退 第二次亦如是退 第三次睡魔重時 下地禮拜消遣

再上蒲團 規式已定 便趁此時打併睡魔 初用枕短睡 後用臂
後不放倒身 過二三夜 日夜皆倦 腳下浮逼逼地 忽然眼前如
黑雲開 自身如新浴出一般清快 心下疑團愈盛 不著用力 緜
緜現前 一切聲色 五欲八風 皆入不得 清淨如銀盆盛雪相似
如秋空氣蕭相似 卻思工夫雖好 無可決擇 起單入浙 在路辛
苦 工夫退失 至承天孤蟾和尚處歸堂 自誓未得悟明 斷不起
單 月餘工夫復舊 其時徧身生瘡 亦不顧 捨命趁逐工夫 自然
得力 又做得病中工夫 因赴齋出門 提話頭而行 不學行過齋
家 又做得動中工夫 到此卻似透水月華 急灘之上 亂波之中
觸不散 蕩不失 活鱍鱍地 三月初六日 坐中正舉無字 首座入
堂燒香 打香盒作聲 忽然团地一聲 識得自己 捉敗趙州 遂
頌云 沒興路頭窮 踏翻波是水 超羣老趙州 面目只如此 秋間
臨安見雪巖 退耕 石坑 虛舟 諸大老 舟勸往皖山 山問光明
寂照徧河沙 豈不是張拙秀才語 某開口 山便喝出 自此行坐
飲食 皆無意思 經六箇月 次年春 因出城回 上石梯子 忽然
胸次疑礙冰釋 不知有身在路上行 乃見山 山又問前語 某便
掀倒禪床 卻將從前數則極諮訛公案 一一曉了 諸仁者 參禪
大須仔細 山僧若不得重慶一病 幾乎虛度 要緊在遇正知見
人 所以古人朝參暮請 決擇身心 孜孜切切 究明此事

【評曰】他人因病而退惰 此老帶病精修 終成大器 豈徒然哉
禪人病中 當以是痛自勉勵

楊州素菴田大士示衆

近來篤志參禪者少 纔參箇話頭 便被昏散二魔纏縛 不知昏
散與疑情正相對治 信心重則疑情必重 疑情重則昏散自無

處州白雲無量滄禪師普說

二六時中 隨話頭而行 隨話頭而住 隨話頭而坐 隨話頭而臥
心如棘栗蓬相似 不被一切人我無明五欲三毒等之所吞噬行
住坐臥 通身是箇疑團 疑來疑去 終日獃椿椿地 聞聲覩色 管
取囫地一聲去在

四明用剛頓禪師答禪人書

做工夫須要起大疑情 汝工夫未有一月半月成片 若眞疑現
前 撼搖不動 自然不怕惑亂 祇管勇猛忿去 終日如獃的漢子
相似 到恁麼時 不怕甕中走鼈

袁州雪巖欽禪師普說

時不待人 轉眼便是來生 何不趁身强力健 打教徹去 討教明白去 何幸又得在此名山大澤 神龍世界 祖師法窟 僧堂明淨 粥飯精潔 湯火穩便 若不向這裏打教徹 討教明白去 是伱自暴自棄 自甘陸沈 爲下劣愚癡之漢 若果是茫無所知 何不博問先知 凡遇五參 見曲彔牀上老漢橫說豎說 何不歷在耳根反覆尋思 畢竟是箇甚麼道理 ○山僧五歲出家 在上人侍下見與賓客交談 便知有此事 便信得及 便學坐禪 十六爲僧 十八行脚 在雙林遠和尚會下打十方 從朝至暮 不出戶庭 縱入衆寮 至後架 袖手當胸 不左右顧 目前所視 不過三尺 初看無字 忽於念頭起處 打一箇返觀 這一念當下冰冷 直是澄澄湛湛 不動不搖 過一日如彈指頃 都不聞鐘鼓之聲 十九在靈隱掛搭 見處州來書 說欽禪伱這工夫是死水 不濟事 動靜二相 打作兩橛 參禪須是起疑情 小疑小悟 大疑大悟 被州說得著 便改了話頭 看箇乾屎橛 一味東疑西疑 橫看豎看 卻被昏散交攻 頃刻潔淨 也不能得 移單過淨慈 結甲七箇兄弟坐禪 封被 脅不沾席 外有修上座 每日在蒲團上如箇鐵橛子相似 地上行時 開兩眼 垂兩臂 亦如箇鐵橛子相似 要與親近說話更不可得 因兩年不倒身 捱得昏困 遂一放都放了 兩

月後 從前整頓 得這一放 十分精神 元來要究明此事 不睡
也不得 須是到中夜熟睡一覺 方有精神 一日廊下見修 方得
親近 卻問去年要與你說話 只管避我如何 修云 眞正辦道人
無翦爪之工 更與你說話在 因問卽今昏散打屛不去 修道你
自不猛烈 須是高著蒲團 豎起脊梁 盡渾身倂作一箇話頭 更
討甚昏散 依修做工夫 不覺身心俱忘 淸淸三晝夜 兩眼不交
睫 第三日午後 在三門下如坐而行 又撞見修 問你在此做甚
麼 答云辦道 修云你喚甚麼作道 遂不能對 轉加迷悶 卽欲
歸堂坐禪 又撞見首座道 你但大開了眼 看是甚麼道理 又被
提這一句 只欲歸堂 纔上蒲團 面前豁然一開 如地陷一般
是時呈似人不得 非世間一切相可喩 便下單尋修 修見便道
且喜且喜 握手門前柳堤上行一轉 俯仰天地間 森羅萬象 眼
見耳聞 向來所厭所棄之物 與無明煩惱 元來都是自己妙明
眞性中流出 半月餘動相不生 可惜不遇大手眼尊宿 不合向
這裏坐住 謂之見地不脫 礙正知見 每於睡著時 打作兩橛 公
案有義路者 則理會得 如銀山鐵壁者 卻又不會 雖在無準先
師會下多年 入室陞座 無一語打著心下事 經敎語錄上 亦無
一語可解 此病如是礙在胸中者十年 一日在天目佛殿上行
撞眼見一株古柏 觸目省發 向來所得境界 礙膺之物 撲然而

散 如闇室中 出在白日 從此不疑生 不疑死 不疑佛 不疑祖
始得見徑山老人立地處 好與三十拄杖

天目高峯妙禪師示眾

此事只要當人的有切心 纔有切心 真疑便起 疑來疑去 不疑
自疑 從朝至暮 黏頭綴尾 打成一片 撼亦不動 趁亦不去 昭
昭靈靈 常現在前 此便是得力時也 更須確其正念 愼無二心
至於行不知行 坐不知坐 寒熱饑渴 悉皆不知 此境界現前
即是到家消息 也巴得搆 也撮得著 只待時刻而已 卻不得見
恁麼說 起一念精進心求之 又不得將心待之 又不得縱之棄
之 但自堅凝正念 以悟爲則 當此之時 有八萬四千魔軍 在
汝六根門頭伺候 一切奇異善惡等事 隨汝心現 汝若瞥起毫
釐著心 便墮他圈繢 被他作主 受他指揮 口說魔話 身行魔
事 般若正因 從茲永絕 菩提種子 不復生芽 但莫起心 如箇
守屍鬼子 守來守去 疑團子欸然爆地一聲 管取驚天動地 ○
某甲十五出家 二十更衣入淨慈 立三年死限學禪 初參斷橋
和尚 令參生從何來 死從何去 意分兩路 心不歸一 後見雪
巖和尚 教看無字 又令每日上來一轉 如人行路 日日要見工
程 因見說得有序 後竟不問做處 一入門 便問 誰與伱拖這

死屍來 聲未絕 便打出 次後徑山歸堂 夢中忽憶萬法歸一
一歸何處 自此疑情頓發 直得東西不辨 南北不分 第六日
隨衆閣上諷經 擡頭忽覩五祖演和尚眞贊 末兩句云 百年三
萬六千朝 返覆元來是這漢 日前拖死屍句子 驀然打破 直得
魂飛膽喪 絕後再甦 何曾放下百二十斤擔子 其時正二十四
歲 滿三年限 次後被問日間浩浩作得主麼 答曰作得 又問睡
夢中作得主麼 答云作得 又問正睡著無夢時 主在何處 於此
無言可對 無理可伸 和尚囑云 從今不要你學佛學法 窮古窮
今 只饑來吃飯 困來打眠 纔眠覺來 抖擻精神 我這一覺主人
公 畢竟在甚麼處 安身立命 自誓拌一生 做箇癡獃漢 定要見
這一著子明白 經及五年 一日睡覺 正疑此事 忽同宿道友
推枕子 落地作聲 驀然打破疑團 如在網羅中跳出 所有佛
祖誵訛公案 古今差別因緣 無不了了 自此安邦定國 天下
太平 一念無爲 十方坐斷

【評曰】前示衆做工夫一段 至爲切要 學者宜書諸紳 其自敍
中所云饑來喫飯困來打眠 是發明以後事 莫錯會好

鐵山瑷禪師普說

山僧十三歲 知有佛法 十八出家 二十二爲僧 先到石霜 記得祥菴主教時時觀見鼻頭白 逐得清淨 後有僧自雪巖來 寫得巖坐禪箴看 我做工夫卻 不曾從這裏過 因到雪巖 依彼所說做工夫 單提無字 至第四夜 通身汗流 十分清爽 繼得歸堂 不與人說話 專一坐禪 後見妙高峯 教十二時中莫令有間 四更起來 便摸索話頭 頓在面前 略覺困睡 便起身下地 也是話頭 行時步步不離話頭 開單展鉢 拈匙放箸 隨衆等事總不離話頭 日間夜間 亦復如是 打成片段 未有不發明者

依峯開示 做工夫 果得成片 三月二十日 巖上堂云 兄弟家久在蒲團上瞌睡 須下地走一遭 冷水盥嗽 洗開兩眼 再上蒲團 豎起脊梁 壁立萬仞 單提話頭 如是用功 七日決定悟去此是山僧四十年前 已用之工 某卽依彼所說 便覺工夫異常第二 兩眼欲閉而不能閉 第三日 此身如在虛空中行 第四日 曾不知有世間事 其夜倚闌杆少立 泯然無知 簡點話頭又不打失 轉身上蒲團 忽覺從頭至足 如劈破髑髏相似 如萬丈井底被提在空中相似 此時無著歡喜處 舉似巖 巖云未在更去做工夫 求得法語 末後云 紹隆佛祖向上事 腦後依前欠一槌 心下道 如何又欠一槌 不信此語 又似有疑 終不能決

每日堆堆坐禪 將及半載 一日因頭痛煎藥 遇覺赤鼻問那吒太子拆骨還父拆肉還母話 記得被悟知客問不能對 忽然打破這疑團 後到蒙山 山問 參禪到甚麼處是畢工處 遂不知頭 山教再做定力工夫 洗盪塵習 每遇入室下語 只道欠在 一日晡時 坐至更盡 以定力挨拶 直造幽微 出定見山 說此境已 山問那箇是你本來面目 正欲下語 山便閉門 自此工夫日有妙處 蓋以離巖太早 不曾做得細密工夫 幸遇本色宗匠 乃得到此 元來工夫 做得緊峭 則時時有悟入 步步有剝落 一日見壁上三祖信心銘云 歸根得旨 隨照失宗 又剝了一層 山云 箇事如剝珠相似 愈剝愈光 愈明愈淨 剝一剝 勝他幾生工夫也 但下語猶只道欠在 一日定中忽觸著欠字 身心豁然 徹骨徹髓 如積雪卒然開霽 忍俊不禁 跳下地來 擒住山云 我欠少箇甚麼 山打三掌 某禮三拜 山云 鐵山 這一著子幾年 今日方了

○暫時話頭不在 如同死人 一切境界逼迫臨身 但將話頭與之抵當 時時簡點話頭 動中靜中 得力不得力 又定中不可忘卻話頭 忘話頭則成邪定 不得將心待悟 不得文字上取解會 不得些少覺觸以爲了事 但教如癡如獃去 佛法世法 打成一片 施爲擧措 只是尋常 惟改舊時行履處 古云 大道從來不屬言 擬談玄妙隔天淵 直須能所俱忘卻 始可饑餐困則眠

天目斷崖義禪師示眾

若要超凡入聖 永脫塵勞 直須去皮換骨 絕後再甦 如寒灰發
燄 枯木重榮 豈可作容易想 我在先師會下多年 每被大棒
無一念遠離心 直至今日 觸著痛處 不覺淚流 豈似你等覷著
些子苦味 便掉頭不顧

天目中峯本禪師示眾

先師高峯和尚 教人惟以所參話頭 蘊之於懷 行也如是參 坐
也如是參 參到用力不及處 留意不得時 驀忽打脫 方知成佛
其來舊矣 這一著子 是從上佛祖了生脫死之已驗三昧 惟貴
信得及 久遠不退轉 更無有不獲其相應者 ○看話頭做工夫
最是立腳穩當 悟處親切 縱此生不悟 但信心不退 不隔一生
兩生 更無不獲開悟者 ○或三十年 二十年 未即開悟 不須
別求方便 但心不異緣 意絕諸妄 孜孜不捨 只向所參話上
立定腳頭 拌取生與同生 死與同死 誰管三生五生 十生百生
若不徹悟 決定不休 有此正因 不患大事之不了明也 ○病中
做工夫 也不要你精進勇猛 也不要你撐眉努目 但要你心如
木石 意若死灰 將四大幻身 撇向他方世界之外 繇他病也得
活也得 死也得 有人看也得 無人看也得 香鮮也得 臭爛也

得 醫得健來 活到一百二十歲也得 如或便死 被宿業牽入鑊
湯爐炭裏也得 如是境界中 都不動搖 但切切將箇沒滋味話
頭 向藥爐邊枕頭上 默默咨參 不得放捨

【評曰】此老千言萬語 只教人看話頭 做眞實工夫 以期正悟
諄切透快 千載而下 如耳提面命 具存全書 自應遍覽

師子峯天如則禪師普說
生不知來處 謂之生大 死不知去處 謂之死大 臘月三十日到
來 只落得手忙脚亂 何況前路茫茫 隨業受報 正是要緊事在
這箇是生死報境 若論生死業根 卽今一念隨聲逐色 使得七
顚八倒者便是 緣是佛祖運大慈悲 或敎伱參禪 或敎伱念佛
令汝掃除妄念 認取本來面目 做箇灑灑落落大解脫漢 而今
不獲靈驗者 有三種病 第一不遇眞善知識指示 第二不能痛
將生死大事爲念 悠悠漾漾 不覺打在無事甲裏 第三於世間
虛名浮利 照不破 放不下 妄緣惡習上 坐不斷 擺不脫 境風
扇動處 不覺和身輥入業海中 東飄西泊去 眞正道流 豈肯恁
麼 當信祖師道 雜念紛飛 如何下手 一箇話頭 如鐵掃箒 轉
掃轉多 轉多轉掃 掃不得 拌命掃 忽然掃破太虛空 萬別千

差一路通 諸禪德 努力今生須了卻 莫教永劫受餘殃 ○又有
自疑念佛與參禪不同 不知參禪只圖識心見性 念佛者 悟自
性彌陀 唯心淨土 豈有二理 經云 憶佛念佛 現前當來必定
見佛 既曰現前見佛 則與參禪悟道有何異哉 ○答或問云 但
將阿彌陀佛四字 做箇話頭 二六時中 直下提撕 至於一念不
生 不涉階梯 徑超佛地

智徹禪師淨土玄門

念佛一聲 或三五七聲 默默返問 這一聲佛 從何處起 又問
這念佛的是誰 有疑 只管疑去 若問處不親 疑情不切 再舉
箇畢竟這念佛的是誰 於前一問 少問少疑 只向念佛是誰 諦
審諦問

【評曰】徑無前問 只看這念佛的是誰 亦得

汝州香山無聞聰禪師普說

山僧初見獨翁和尚 令參不是心 不是佛 不是物 後同雲峯月
山等六人 立願互相究竟 次見淮西 教無能令提無字 次到長
蘆 結伴煉磨 後遇淮上敬兄 問云 你六七年有甚見地 某答

每日只是心下無一物 敬云 你這一絡索 甚處出來 某心裏似
知不知 不敢開口 敬見我做處無省發 乃云 你定中工夫不失
動處便失 某被說著心驚 便問 畢竟明此大事 應作麼生 敬
云 你不聞川老子道 要知端的意 北斗面南看 說了便去 某
被一問 直得行不知行 坐不知坐 五七日間 不提無字 倒只
看要知端的意 北斗面南看 忽到淨頭寮 在一木上與衆同坐
只是疑情不解 有飯食頃 頓覺心中空亮輕清 見情想破裂 如
剝皮相似 目前人物 一切不見 猶如虛空 半時省來 通身汗
流 便悟得北斗面南看 遂見敬 下語作頌 都無滯礙 尚有向
上一路 不得灑落 後入香巖山中過夏 被蚊子斃 兩手不定
因念古人爲法忘軀 何怖蚊子 盡情放下 斃定牙關 捏定拳頭
單提無字 忍之又忍 不覺身心歸寂 如一座屋 倒卻四壁 體
若虛空 無一物可當情 辰時一坐 未時出定 自知佛法不憾人
自是工夫不到 然雖見解明白 尚有微細隱密妄想未盡 又入
光州山中 習定六年 陸安山中 又住六年 光州山中 又住三
年 方得穎脫

【評曰】古人如是勤辛 如是久遠 方得相應 今人以聰明情量
刹那領會 而猶欲自附於頓悟 豈不謬哉

獨峯和尚示眾

學道之士 那裏是入手處 提箇話頭是入手處

般若和尚示眾

兄弟家 三年五年做工夫 無箇入處 將從前話頭抛卻 不知行
到中途而廢 可惜前來許多心機 有志之士 看眾中柴乾水便
僧堂溫煖 發願三年不出門 決定有箇受用 有等纔做工夫 心
地清淨 但見境物現前 便成四句 將謂是大了當人 口快舌便
慞了一生 三寸氣消 將何保任 佛子 若欲出離 參須直參 悟
須實悟 ○或話頭縣密 無有間斷 不知有身 謂之人忘法未忘
有到此忘其本身 忽然記得 如在夢中 跌下萬仞洪崖 只顧救
命 遂成風癲 到此須是緊提話頭 忽然連話頭都忘 謂之人法
雙忘 驀地冷灰豆爆 始知張公喫酒李公醉 正好來般若門下
喫棒 何以故 更須打破諸祖重關 徧參知識 得知一切淺深 卻
向水邊林下 保養聖胎 直待龍天推出 方可出來 扶揚宗教
普度羣生

雪庭和尚示眾

十二時中一貧如洗 看箇父母未生前 那箇是我本來面目 不

管得力不得力 昏散不昏散 只管提撕去

仰山古梅友禪師示衆

須要發勇猛心 立決定志 將平生悟得的 學得的 一切佛法
四六文章 語言三昧 一掃掃向大洋海裏去 更莫擧著 把八萬
四千微細念頭 一坐坐斷 卻將本參話頭一提提起 疑來疑去
捵來捵去 凝定身心 討箇分曉 以悟爲則 不可向公案上卜度
經書上尋覓 直須卒地斷 爆地斷 方始到家 若是話頭提不起
連擧三徧 便覺有力 若身力疲倦 心識怕憷 卻輕輕下地 打一
轉 再上蒲團 將本參話如前挨捵 若纔上蒲團 便打磕睡 開得
眼來 胡思亂想 轉身下地 三三兩兩 交頭接耳 大語細話 記
取一肚皮語錄經書 逞能舌辯 如此用心 臘月三十日到來 總
用不著

衢州傑峯愚禪師示五臺善講主

假饒文殊放金色光與汝摩頂 師子被伱騎來 觀音現千手眼
鸚哥被伱捉得 皆是逐色隨聲 於伱自己有何利益 要明己躬
大事 透脱生死牢關 先須截斷一切聖凡虛妄見解 十二時中
回光返照 但看箇不是心 不是物 不是佛 是箇甚麼 切莫向

外邊尋討 設有一毫佛法神通聖解如粟米粒大 皆爲自欺 總是謗佛謗法 直須參到脫體無依 纖毫不立處 著得隻眼 便見青州布衫 鎮州蘿蔔 皆是自家所用之物 更不須別求神通聖解也

靈隱瞎堂禪師對制
宋孝宗皇帝問 如何免得生死 對曰 不悟大乘道 終不能免 又問 如何得悟 對曰 本有之性 以歲月磨之 無不悟者

大乘山普巖斷岸和尚示衆
萬法歸一 一歸何處 不得不看話頭 守空靜而坐 不得念話頭 無疑而坐 如有昏散 不用起念排遣 快便擧起話頭 抖擻身心 猛著精采 更不然 下地經行 覺昏散去 再上蒲團 忽爾不擧自擧 不疑自疑 行不知行 坐不知坐 惟有參情 孤孤迥迥 歷歷明明 是名斷煩惱處 亦名我喪處 雖然如是 未爲究竟 再加鞭策 看箇一歸何處 到這裏 提撕話頭 無節次了也 惟有疑情 忘卽擧之 直至返照心盡 是名法亡 始到無心處也 莫是究竟麼 古云 莫謂無心云是道 無心猶隔一重關 忽地遇聲遇色 磕著撞著 大笑一聲 轉身過來 便好道懷州牛喫禾益州馬腹脹

古拙禪師示衆

諸大德 何不起大精進 對三寶前 深發重願 若生死不明 祖
關不透 誓不下山 向長連床上 七尺單前 高掛鉢囊 壁立千
仞 盡此一生 做教徹去 若辦此心 決不相賺如其發心不眞 志
不猛勵 這邊經冬 那邊過夏 今日進前 明日退後 久久摸索
不著 便道般若無靈驗 卻向外邊記一肚抄一部 如臭糟瓶相
似 聞者未免惡心嘔吐 直做到彌勒下生 有何干涉 苦哉

太虛禪師示衆

如未了悟 須向蒲團上冷坐 十年 二十年 三十年 看箇父母
未生前面目

楚石琦禪師示衆

兄弟 開口便道我是禪和 及問他如何是禪 便東覰西覰 口如
扁擔相似 苦哉屈哉 喫著佛祖飯 不去理會本分事 爭持文言
俗句 高聲大語 略無忌憚 全不識羞 有般底 不去蒲團上 究
明父母未生以前本來面目 冷地裏學客舂 指望求福 懺除業
障 與道太遠在 ○凝心斂念 攝事歸空 念想纔生 即便遏捺
如此見解 即是落空亡的外道 魂不返的死人 又有妄認能嗔

能喜 能見能聞 認得明白了 便是一生參學事畢 我且問你
無常到時 燒作一堆灰 這能嗔能喜能見能聞的 什麼處去也
恁麼參的 是藥汞銀禪 此銀非眞 一煅便流 因問你尋常參箇
什麼 答道有敎參萬法歸一 一歸何處 又敎我只如此會 今日
方知不是 就和尚請箇話頭 我道古人公案有什麼不是 汝眼
本正 因師故邪 累請不已 向道去參狗子無佛性話 忽然打破
漆桶 卻來山僧手裏喫棒

【評曰】天如而下 皆元末及國初尊宿 若傑峯 古拙 楚石 則
身經二代者也 楚石爲妙喜五世孫 而其見地如日光月明 機
辯如雷烈風迅 直截根原 脫落枝葉 眞無愧妙喜老人矣 天如
以至今日 無匹休者 獨其語皆提持向上極則事 敎初學人做
工夫處絕少 僅得一二 錄如左

高麗普濟禪師答李相國書
既曾於無字話提撕 不必改參也 況舉起別話頭時 曾參
無字 必於無字有小熟因地 切莫移動 切莫改參 但於二
六時中 四威儀內 舉起話頭 莫待幾時悟不悟 亦莫管有
滋味無滋味 亦莫管得力不得力 拶到心思不及 意慮不

行 即是諸佛諸祖放身命處

【評曰】 此語錄 萬曆丁酉 福建許元眞東征 得之朝鮮者 中國未有也 因錄其要而識之

楚山琦禪師解制

諸大德 九十日中 還曾證悟也無 如其未悟 則此一冬 又是虛喪了也 若是本色道流 以十方法界爲箇圓覺期 莫論長期短期 百日千日 結制解制 但以擧起話頭爲始 若一年不悟參一年 十年不悟 參十年 二十年不悟 參二十年 盡平生不悟 決定不移此志 直須要見箇眞實究竟處 方是放參之日也 ○如未能言前契旨 但將一句阿彌陀佛 置之懷抱 默默體究常時鞭起疑情 這念佛的是誰 念念相續 心心無間 如人行路到水窮山盡處 自然有箇轉身的道理 団地一聲 契入心體

【評曰】 擧起話頭爲進期 眞實究竟爲出期 當牢記取

天眞毒峯善禪師示衆

果欲了脫生死 先須發大信心 立弘誓願 若不打破所參公案

洞見父母未生前面目 坐斷微細現行生死 誓不放捨本參話頭 遠離眞善知識 貪逐名利 若故違此願 當墮惡道 發此大願 防護其心 方堪領受公案 或看無字 要緊在因甚狗子無佛性上著力 或看萬法歸一 要緊在一歸何處 或參究念佛 要緊在念佛的是誰 回光返照 深入疑情 若話頭不得力 還提前文以至末句 使首尾一貫 方有頭緒 可致疑也 疑情不斷 切切用心 不覺舉步翻身 打箇懸空筋斗 卻再來喫棒

空谷隆禪師示眾

不可獃獃蠢蠢地念箇話頭 亦不可推詳計較 但時中憤然要明此事 忽爾懸崖撒手 打箇翻身 方見孤明歷歷 到此不可耽著 還有腦後一槌 極是難透 你且怎麼參去 ○不參自悟 上古或有之 自餘未有不從力參而得悟者 ○優曇和尚令提念佛的是誰 汝今不必用此等法 只平常念去 但念不忘 忽然觸境遇緣 打著轉身一句 始知寂光淨土不離此處 阿彌陀佛不越自心

【評曰】但時中憤然要明此事 此句甚妙 該攝看話頭之法曲盡

天奇和尙示衆

汝等從今發決定心 晝三夜三 擧定本參 看他是箇甚麼道理
務要討箇分曉 日久歲深 不煉昏沈 昏沈自退 不除散亂 散
亂自絶 純一無雜 心念不生 忽然會得 如夢而醒 覆看從前
俱是虛幻 當體本來現成 萬象森羅 全機獨露 於這大明國裏
也不枉爲人 向此法門 也不枉爲僧 卻來隨緣度日 豈不暢哉
豈不快哉 ○終日念佛 不知全是佛念 如不知 須看箇念佛的
是誰 眼就看定 心就擧定 務要討箇下落

【評曰】毒峯 天奇 皆敎參究念佛 空谷何故謂不必用此等法
蓋是隨機不同 任便無礙

古音琴禪師示衆

坐中所見善惡 皆繇坐時不起觀察 不正思惟 但只瞑目靜坐
心不精采 意順境流 半夢半醒 或貪著靜境爲樂 致見種種境
界 夫正因做工夫者 當睡便睡 一覺一醒 便起抖擻精神 揶抄
眼目 齩住牙根 捏緊拳頭 直看話頭落在何處 切莫隨昏隨沈
絲毫外境不可采著 ○行住坐臥之中 一句彌陀莫斷 須信因
深果深 直敎不念自念 若能念念不空 管取念成一片 當念認

得念人 彌陀與我同現

異巖登禪師釋疑集
問 學人參求知識 或令提箇話頭 或令疑箇話頭 同耶 別耶
答 纔舉話頭 當下便疑 豈有二理 一念提起 疑情卽現 覆去
翻來 精研推究 功深力極 自得了悟

【評曰】釋疑集中 此一段文 最爲精當 今人頗有滯此二端而
不決者 蓋未曾實做工夫故也

月心和尙示衆
憤起新鮮志氣 舉箇話頭 要於結末字上疑情永長 沈沈痛切
或杜口默參 或出聲追審 如失重物 務要親逢親得 日用中一
切時 一切處更無二念

諸祖苦功節略第二

獨坐靜室
道安大師 獨坐靜室 十有二年 殫精搆思 乃得神悟

【評曰】此老竭精思 乃得神悟 不是一味靜坐便了

懸崖坐樹

靜琳禪師 棄講習禪 昏睡惑心 有懸崖 下望千仞 旁出一樹
以草藉之 趺坐其上 一心繫念 動經宵日 怖死旣重 專精不
二 後遂超悟

草食木棲

通達禪師 入太白山 不齎糧粒 饑則食草 息則依樹 端坐思
玄 五年不息 因以木打塊 塊破 廓然大悟

【評曰】饒汝草食樹棲 若不思玄 漫爾多載 異於深山之野人
者幾希

衣不解帶

金光照禪師 十三出家 十九入洪陽山 依迦葉和尙 服勤三載
衣不解帶 寢不沾席 又在姑射山亦如是 谿然啓悟

引錐自刺

慈明谷泉瑯瑘三人 結伴參汾陽 時河東苦寒 衆人憚之 慈明
志在於道 曉夕不忘 夜坐欲睡 引錐自刺 後嗣汾陽 道風大
振 號西河師子

暗室不忽

宏智禪師 初侍丹霞淳 因與僧徵詰公案 不覺大笑 淳責曰
汝笑這一聲 失了多少好事 不見道暫時不在 如同死人 智再
拜伏膺 後雖在闇室 未嘗敢忽

【評曰】論道而笑 古人尚呵 今世諦詼諧 捧腹無厭 丹霞見之
又當何如

晚必涕泣

伊菴權禪師 用功甚銳 至晚必流涕曰 今日又只恁麼空過 未
知來日工夫如何 師在衆 不與人交一言

三年力行

晦堂心禪師 自言初入道 自恃甚易 逮見黃龍先師 退思日用

與理矛盾極多 遂力行之三年 祈寒溽暑 確志不移 方得事事
如理 而今欲睡掉臂 也是祖師西來意

圓枕警睡
喆侍者 睡以圓木爲枕 小睡 則枕轉覺而復起 率以爲常 或
謂用心太過 答云 我於般若緣分素薄 若不如此 恐爲妄習
所牽

被雨不覺
全菴主 爲道猛烈 無食息暇 一日倚欄看狗子話 雨來不覺
衣溼方知

誓不展被
佛燈珣禪師 依佛鑒 隨衆咨請 邈無所入 嘆曰 此生若不徹
證 誓不展被 於是四十九日 只靠露柱立地 如喪考妣 乃得
大悟

擲書不顧
鐵面昺禪師 行脚時 離鄕未久 聞受業一夕遺火 悉爲煨燼

得書 擲之地曰 徒亂人意耳

堅誓省發

靈源清禪師 初參黃龍心 隨衆問答 茫然不知端倪 夜誓佛前
曰 當盡形壽 以法爲檀 願早開解 後閱玄沙語 倦而倚壁 起
經行 步促遺履 俯就之 忽大悟

無時異緣

圓悟勤禪師 再參東山演 爲侍者 窮參力究 自云山僧在衆
無一時異緣 十年方得打徹

【評曰】十年之間 無一時異緣 試問今一日間 異緣多少 何
時得打徹去也

造次不忘

牧菴忠禪師 初習台敎 後志禪宗 謁龍門眼 造次之頃 不忘
提撕 適縱步水磨 見額云 法輪常轉 忽大悟

忘抵河津

慶壽享禪師 參鄭州普照寶公 朝夕精勤 一日以事往睢陽 過
趙渡 疑情不散 忘其抵津 同行覺之曰 此河津也 豁然 悲喜
交集 以白寶公 公曰 此僵臥漢 未在 因敎看日面佛語 一日
雲堂靜坐 聞板聲 大悟

寢食兩忘

松源岳禪師 初以居士 參應菴華 不契 愈自奮勵 見密菴傑
隨問隨答 密嘆曰 黃楊木禪耳 奮勵彌切 至忘寢食 會密入
室 問僧不是心 不是佛 不是物 師從傍大悟

口體俱忘

高峯妙禪師 在衆 脅不沾席 口體俱忘 或時如廁 中單而出
或時發函 不局而去 後徑山歸堂 大悟

諸緣盡廢

傑峯愚禪師 初參古厓石門 佩受法語 晝夜兀坐 不契 後參
止巖 擧不是心 不是佛 不是物 愈疑 乃諸緣盡廢 寢食俱不
覺知 如氣絶者 一夕坐至夜分 聞鄰僧咏證道歌云 不除妄想

不求眞 豁然如釋重負 有夜半忽然忘月指 虛空迸出日輪紅
之句

杜門力參

移剌楚材丞相 參萬松老人 屛斥家務 杜絶人跡 雖祈寒溽暑
無日不參 焚膏繼晷廢寢忘餐者幾三年 乃獲印證

【評曰】 如是用心 如是證道 是之謂在家菩薩也 喫得肉已飽
來尋僧說禪 獨何爲哉

以頭觸柱

中峯本禪師 侍高峯死關 晝夜精勤 困則以頭觸柱 一日誦金
剛經 至荷擔如來處 恍然開解 自謂所證未極 彌益勤苦 咨
決無怠 及觀流水乃大悟

【評曰】 自謂所證未極 故終至極處 今之以途路爲到家者衆
矣 嗟夫

關中刻苦

毒峯善禪師 在淯溪進關 不設臥榻 惟置一凳 以悟爲則 一夕
昏睡 不覺夜半 乃去凳 晝夜行立 又倚壁睡去 誓不傍壁 遶
空而行 身力疲勞 睡魔愈重 號泣佛前 百計逼拶 遂得工夫
日進 聞鍾聲 忽得自繇 偈云 沈沈寂寂絕施爲 觸著無端吼
似雷 動地一聲消息盡 髑髏粉碎夢初回

脅不至席

璧峯金禪師 參晉雲海 示以萬法公案 疑之三年 偶摘蔬次
忽凝然久之 海問 子定耶 對曰 定動不關 海問 定動不關是
甚麼人 金以筐示之 海不肯 金撲筐於地 亦不肯 爾後工夫
益切 脅不至席 一坐七日 一日聞伐木聲大悟

獨守鈍工

西蜀無際禪師 初做工夫 四指大書帖 亦不看 只是拍盲做鈍
工夫 乃得大徹大悟

【評曰】此意極是 但不明敎理者 未宜效嚬

後集一門

諸經引證節略

大般若經

空中聲告常啼菩薩言 汝東行求般若 莫辭疲倦 莫念睡眠 莫
思飲食 莫想晝夜 莫怖寒熱 於內外法 心莫散亂 行時不得
左右顧視 勿觀前後上下四維等

華嚴經

勤首菩薩偈云 如鑽燧取火 未出而數息 火勢隨至滅 懈怠者
亦然 釋曰 當以智慧鑽注一境 以方便繩善巧迴轉 心智無住
四儀無間 則聖道可生 瞥爾起心 暫時忘照 皆名息也

大集月藏經

若能精勤 繫念不散 則休息煩惱 不久得成無上菩提

十六觀經

佛告韋提希 應當專心 繫念一處

出曜經

智者以慧鍊心 尋究諸垢 猶如鑛鐵 數入百鍊 則成精金 猶
如大海 日夜沸動 則成大寶 人亦如是 晝夜役心不止 便獲
果證

【評曰】今人但知息心而入禪那 寧知役心而獲果證

大灌頂經

禪思比丘 無他想念 惟守一法 然後見心

遺教經

夫心者 制之一處 無事不辦

【評曰】守一法 制一處 幸有此等語言在

楞嚴經

又以此心內外精研 ○又以此心研究精極

彌陀經

執持名號 一心不亂

【評曰】只此一心不亂四字 參禪之事畢矣 人多於此忽之

楞伽經

若欲了知 能取所取 分別境界 皆是心之所現者 當離憒鬧
昏滯睡眠 初中後夜勤加修習

金剛般若經

薩陀波崙菩薩 七歲經行住立 不坐不臥

寶積經

佛告舍利弗 彼二菩薩行精進時 於千歲中 未曾一彈指頃 被
睡眠之所逼惱 於千歲中 未曾起念稱量飲食醎淡美惡 於千
歲中 每乞食時 未曾觀授食人為男為女 於千歲中 居止樹下
未曾仰面觀於樹相 於千歲中 未曾緣念親里眷屬 於千歲中
未曾起念我欲剃頭 於千歲中 未曾起念從熱取涼 從寒取溫
於千歲中 未曾論說世間無益之語

【評曰】此是大菩薩境界 雖非凡夫所及 然不可不知

大集經

法悟比丘 二萬年中常修念佛 無有睡眠 不生貪嗔等 不念親
屬衣食資身之具

念佛三昧經

舍利弗 二十年中 常勤修習毗婆舍那 行住坐臥 正念觀察
曾無動亂

自在王菩薩經

金剛齊比丘修習正法 諸魔隱身伺之 千歲伺之 不見一念心
散可得惱亂

如來智印經

輪王慧起 捨國出家 三千歲繫念 亦不倚臥

中阿含經

尊者阿那律陀 尊者難提 尊者金毗羅 共住林中 後先乞食

各歸坐禪 至於晡時 先從坐起者 或汲瓶水 能勝獨舉 如不
能勝 則便以手招一比丘 兩人共舉 各不相語 五日一集 或
兩說法 或聖默然

【評曰】此萬世結伴修行之良法也

雜譬喻經
波羅奈國 一人出家 自誓不得應眞 終不臥息 晝夜經行 三
年得道 又羅閱祇國 一沙門布草爲褥坐其上 自誓云 不得道
終不起 但欲睡眠 以錐刺髀 一年之中 得應眞道

雜阿含經
如是比丘 精勤方便 肌膚瘦損 筋連骨立 不捨善法 乃至未
得所應得者 不捨精進 常攝其心 不放逸住

【評曰】所應得 須知應得者何事 據此經 則應得盡諸漏 證
三明六通 成聲聞果 若今所期 則應得圓悟心宗 證一切種智
成無上佛果

阿含經

乃至成就三明 滅除暗冥 得大智明 皆繇精勤修習 樂靜獨居
專念不休之所致也

【評曰】專念不休 久之則一心不亂

法集要領經

若人百歲中 懈怠劣精進 不如一日中 勇猛行精進

【評曰】知此義 則張善和輩 臨終十念往生 可了然無疑矣

無量壽經

至心精進 求道不止 會當剋果 何願不遂

一向出生菩薩經

阿彌陀佛 昔爲太子 聞此微妙法門 奉持精進 七千歲中 脅
不至席 意不傾動

寶積正法經

樂求大乘 其心勇猛 雖捨身命 無所顧惜 修菩薩行 勤加精
進 無少懈怠

六度集經

精進度無極者 精存道奧 進之無怠 臥坐住步 喘息不替 ○
心心相續 不自放逸

修行道地經

佛言 自見宿命 從無量劫 往返生死 其骨過須彌山 其髓塗
地 可徧大千世界 其血多於古今天下普雨 但欲免斯生死之
患 晝夜精進 求於無爲

【評曰】曰求道 曰聞此微妙法門 曰樂求大乘 曰精存道奧
曰求於無爲 如是精進 名正精進 不然 縱勞形苦志 累歲經
劫 或淪外道 或墮偏乘 終無益也

菩薩本行經

直至成佛 皆由精進

彌勒所問經

佛語阿難 彌勒發意 先我之前四十二劫 我於其後 乃發道意
以大精進 超越九劫 得於無上正眞之道

【評曰】釋迦以後進 而頓踰四十二劫之先輩 勤惰爲之也 經
言貪著於名利 多遊族姓家 彌勒之所以先學 而後成者坐此
則釋迦之棄名利 入山林 不親近國王大臣 可知矣 識之哉

文殊般若經

一行三昧者 應處空閒 捨諸亂意 繫心實理 想念一佛 念念
相續 而不懈怠 於一念中 即能見十方諸佛獲大辯才也

般舟三昧經

九十日中 不坐不臥 假使筋斷骨枯 三昧不成終不休息

【評曰】以上二條 俱指念佛 而兼諸法門 修淨業者 不可不知

四十二章經

夫爲道者 譬如一人與萬人戰 挂鎧出門 意或怯弱 或半路而

退 或格鬥而死 或得勝而還 沙門學道 應當堅持其心 精進
勇銳 不畏前境 破滅衆魔 而得道果

【評曰】半路退者 自畫而不進者也 格鬥死者 稍進而無功者
也 得勝還者 破惑而成道者也 得勝之繇 全在堅持其心 精
進勇銳 學人但當一志直前 毋慮退 毋畏死 前不云乎 吾保
此人必得道矣 法華云 吾今爲汝保任此事 終不虛也 佛旣爾
保 何慮何畏

觀藥王藥上二菩薩經
常念大乘 心不忘失 勤修精進 如救頭然

【評曰】當勤精進 如救頭然 今叢林早暮持誦 然誦其文不思
其義 明其義不履其事 亦何益也

寶雲經
以心繫心 以心住心 心專一故 次第無間 得定心故 心常寂
靜

正法念處經

精勤修行 則得見諦 是故應當曠野寂靜 一心正念 離於一切
多語言說 一切親舊知識來去相見

阿毘曇集異門足

假使我身血肉枯竭 唯皮筋骨連拄而存 若本所求勝法未獲
終不止息 為精進故 應深受寒熱飢渴蛇蝎蚊虻風雨等觸 又
應忍受他人所發能生身中猛利辛楚奪命苦受毀辱語言

【評曰】本所求勝法未獲 終不止息 卽宗門所謂本參話頭不
破 誓不休歇之意也

瑜伽師地論

六度初三是戒學攝 靜慮是心學攝 般若是慧學攝 唯精進徧
於一切

大乘莊嚴經論

至心學道 發大勇猛 決趣菩提

阿毘達磨論

菩薩於底沙佛時 合十指掌 翹於一足 以一伽陀 七日七夜嘆
佛功德 便超九劫

【評曰】觀此 則法集所稱一日精進 勝百年懈怠 信哉言乎

西域記

脅尊者 八十出家 少年誚曰 夫出家之業 一則習禪 二則誦
經 而今衰老 何所進取 尊者聞而誓曰 我若不通三藏經 不
斷三界欲 得六神通 具八解脫 終不以脅至席 乃晝則研習教
理 夜則靜慮凝神 三年悉證所誓 時人敬仰 號脅尊者

【評曰】蹕鑠是翁 足爲懈怠比丘激勸 當知今人豈但八十 縱
饒直抵期頤 尚須努力修進

南海寄歸

善遇法師念佛 四儀無間 寸陰非空 計小荳粒 可盈兩載

法苑珠林

陳棲霞寺沙門惠布 居寺舍利塔西 經行坐禪 誓不坐臥 徒衆
八十 咸不出院

觀心疏

夫欲建小事 心不決志 尙不能成 況欲排五住之重關 度生死
之大海 而不勤勞 妙道何繇可具

永嘉集

勤求至道 不顧形命 ○晝夜行般若 生生勤精進 常如救頭然

潙山警策

研窮法理 以悟爲則

【評曰】則 準也 以悟爲準的也 卽宗門謂參禪到甚麼處是歇
工處 今言大悟乃已 不悟不已也

淨土懺願儀

若坐若行 皆勿散亂 不得彈指頃念世五欲 及接對外人語論

戲笑 亦不得託言延緩 放逸睡眠 當於瞬息俯仰 繫念不斷

法界次第

倍策精進 勤求不息 是名精進根

心賦

堅求至道 曉夕亡疲 不向外求 虛襟澄慮 密室靜坐 端拱寧
神

【評曰】靜業弟子 莫見不向外求 密室靜坐之說 便謂不必念
佛 須知念字從心 佛卽自己 以自心念自己 烏得爲外求也
況念之不已 則成三昧 靜密孰加焉

운서 주굉 雲棲祩宏

주굉 스님(1535-1615)은 중국 명나라 때 스님으로, 자백 진가紫栢眞可, 감산 덕청憨山德淸, 우익 지욱蕅益智旭과 함께 명나라 4대 고승으로 꼽힌다. 자는 불혜佛慧, 호는 연지蓮池다.

항주(지금의 절강성) 인화현 사람으로서, 열일곱 살에 이미 '사전'이라고 불릴 만큼 학문이 깊고 문장과 덕행 또한 뛰어나서 널리 이름을 떨쳤다.

1566년, 서른두 살에 무문 성천無門性天 화상을 은사로 출가하여 제방의 선지식을 찾아 행각하다가, 1571년부터 주석하던 항주 운서산에 일대 총림을 창설하여 종풍을 크게 떨쳤다. 선학禪學을 주창하는 가운데 정토 법문을 제창하고 계율과 방생放生을 적극 권장했으니, 이처럼 선과 염불과 계율을 모두 아우른 가르침으로써 후대의 중국 불교에 지대한 영향을 끼쳤다.

「선관책진」, 「죽창수필」, 「아미타경소초」, 「계살방생문」, 「사미율의 요략」 등 30여 가지 저술을 남겼다.

연관 然觀

해인사로 출가하여 여러 강원과 선원에서 정진해 왔다. 실상사 화엄학림 학장을 역임했고, 대한불교 조계종이 주관하여 펴낸 「조계종 표준 금강경」의 편찬위원장으로 활동했다.

한국 불교 최고의 강백인 관응 큰스님에게서 경과 논을 익혔고 경학에도 조예가 깊다. 불교 고승들의 중요한 문헌을 번역하는 일에 오랫동안 매진해 왔으며, 이즈음은 운서 주굉 스님의 저술을 한글로 옮기는 일에 집중하고 있다.

지금까지 펴낸 역서로 「죽창수필」, 「금강경간정기」, 「선문단련설」, 「왕생집」, 「용악집」, 「학명집」, 그리고 '죽창수필' 선역본인 「산색」 등이 있다.